芙伊的審判

阿杜 · 迪杜 著

目次

名人好評

想像豐富、情感真摯的作品，值得我們再一次思考人與犬、人與人之間的關係。

——《親愛的你》律師作家 李柏青

本文結構綿密，故事層層包裹；畢竟，事情的真樣，從來都不是乍看上去的那麼簡單明白，而正義的覺醒，從來都需要親身的經歷以及長時間的省思。

——《正義・逆位》推理作家 知言

序曲

在法院門外，我整理一下身上那套昂貴布料縫製的黑色西裝。

剛踏出車外，我已經被一群記者蜂擁地包圍住，數十支麥克風指向我的眼耳口鼻端前，軀體感到被一股壓力緊箍住，動彈不得。不同聲音語調充斥四周，卻完全聽不到一句清晰的字詞，就像一波一波的浪濤重疊而上，後湧前驅，水花還未著地濺起，已經消失匿蹤。

雖然我聽不清楚記者們的提問，就算能夠洗耳恭聽，我也保持一貫的沉默形象，勉強對住閃亮的鏡頭微笑，裝出一副自傲的神情，蹣跚地鑽入大樓內。

主審席、被告台、證人台、旁聽席……

眼前咖啡色橡木砌成的正方形空間，就如自己的家居一樣親切。除了事務所的辦公室外，它就是我最常逗留的地方。

這間可以說是整座法院內最宏大的庭院，能夠容納最多聽眾的房間。

我站立在辯護台前，瞥了一眼掛在法官高台上代表香港的紫荊花國徽，眼睛緩緩落在一張長椅背的法官專屬座位上，然後視線移到讓犯人旁聽整場案件的欄位上。

法院內的職員必須為這宗官司妥善安排，否則必定會惹來大眾傳媒的誹議及埋怨。

雖然處理過大大小小轟動律政界，震撼萬千人心的案件。自以為不會再為任何事情悸動的我，突然發覺手心正霧出汗水。

我會因此案件而揚名，準備接受那些以人權為本的組織唾罵，甚至遭受威嚇。我亦會成為那些愛護動物的人奉為神明參拜。在業界中，我會被痛罵指責為一名嘩眾取寵、為求名利、不惜扭曲真理的腐敗者，企圖破毀法律條例早已訂下的規則。

我認為要取得最終勝利，就需要奇謀妙計，吸引世人的目光。我極需要輿論的力量給予那些思想封閉的老古董們一點打擊；要施一點壓力，令他們無法以清晰的頭腦來審理案件；要以同情心來換取觀眾的分數。

無論結果如何，此案件必定成為香港法律案件的先例。我的名字亦會被寫入這部偉大的法典內。

我閉上雙眼，深深地吸了一口大氣。背後傳來絡繹不絕的吵鬧聲，令原本寂靜得耳鳴的空間熱哄起來。

我雙眼緊盯著被告欄的扇門。

疑犯就是從這裡竄出來，庭警會左右挾持她登上席內。他們要額外警覺小心，加上一條拉繩，以防疑犯作亂。當眾人的目光迎接她進場時，他們會坐立不安，爭先恐後，張口結舌，為眼前的景象驚嘆不已。

對的。她是整件案子的核心。

不過，我敢肯定。

我肯定自己才是這場劇目所擔任最主要的角色。

第一章　低吟

伊芙

暖和的微風吹拂著一大片鬆軟的土地，帶動著一條一條短幼的草根韻律地搖擺。

他身穿一套長長的運動服，配上一對運動鞋，在曠野的環境下跳躍奔跑，充滿氣勁地揮舞四肢。

我跟隨著他的步伐，以響亮的叫聲，回應他那熱情的舉止。

「提起前腿，著地後立即再躍前。」他拍拍手，不斷地勉勵我。

我張開大口，唾沫亂飛，將周圍的空氣吸進體內，不讓自己有一刻喘息的機會。從我來到這個世界，踏足這遍土地，身處這個環境時，我已經不斷地鍛鍊自己的體能，學習他的言語及思維邏輯，冀望有一天能夠與他並肩對抗惡勢力。

「你長大之後，不是要投身警隊行列，維持社會治安的嗎，伊芙？」他的速度極快，與我有一段間距，邊跑邊轉頭大喊道。

我把頭抬起，望向他的臉龐，卻被高掛在蔚藍天空的刺眼光芒擾亂了我的視線。我瞇起雙眼，緊盯著他那俊俏的輪廓，專注著他那不停抖動的嘴巴。可惜，我卻聽不到任何聲音。

我的四肢開始發軟，差點絆倒。他卻沒有停下腳步等待我追趕上來，反而，身影漸漸遠去。

我很想大聲呼叫，請求他放緩速度。可惜，我的喉嚨拼不出這種音調，掌心冒出汗水，感覺徬徨、焦慮、無助。

我無法相信他竟然拋掉我，離我而去……

噹噹噹的一串連續不斷的聲音從遠處傳來。

我模糊地睜開雙眼，瞥了一下四周的環境，再將視線移向一扇木門，撐起沉重的身軀，伸了一個懶腰，緩緩地走前。聲音漸漸響亮刺耳，但是我只能呆坐在門前靜候。這股令人煩厭的鬧鐘鈴聲，會隨著時間而提高音量，直至使用者按耐不住而撒手投降。

壞習慣總是難以撇掉。敏婷養成了在厚厚的軟床褥上磨蹭的生活循序，她總是要待到最後一刻，才心不甘情不願地彈起身把鬧鐘關掉。

當地板撞擊聲連帶急速的踏步聲一併響起來時，我就會凝神貫注於門上的圓形門把。它被扭動一下，大門就會呼然而開，一陣涼風迎向我的臉龐。站在門檻前是一位頂著凌亂的鬈髮美女，衣衫不整，右手搔抓著頭皮，瞇起雙眼，瞄一瞄我，左手撫摸我的耳背幾下，繞過我身後，走到對面另一扇掛吊著小熊維尼牌板的木門前，用肩背推開它，鑽進房間內。

我轉個身來，帶著輕盈的步履湊進這間洋溢著活潑氛圍的空間內。雖然細小的房間被垂落的布簾遮擋了外間的光線，卻無法掩蓋住色彩鮮明的佈置格調。

雪麗早已經坐在床上，下半身仍然捲入薄薄的毛毯內。她那圓圓的臉龐沒有剛剛睡醒的浮腫現象，雙眼依然清澈明亮，頭髮就像用大湯碗罩著而修剪出來的髮型，更顯得她可愛迷人。

「媽咪，早！」雪麗擱下手上的兒童故事書，以嬌柔的聲線喊道。

敏婷把臉湊近她，親吻了一下。「我的小寶貝，早安！」

我坐在敏婷的身旁，一動不動，呆木地凝視著雪麗那雙如水晶般碩大的瞳孔，等待她接下來的下一個動作。

雪麗竄下床，赤著粗短的腳，湊到我的身旁，輕拍著我的頸背。「小白，早！」

我禮貌地吠叫了一聲，不太刺耳，也不壓低聲線，讓她感受到我那股朝氣勃勃的氣息。原本我打算抑制住油然而生的興奮感，用力地把嘴巴合攏，不流露出半點情感來，可惜，我那條愚蠢的尾巴，就是無法控制肌肉的顫動，不其然地左右搖擺，像掃帚一樣清理地板上的塵埃。

每天早上，我也冀盼這一刻的來臨。我就是希望聽見雪麗那股像鳥兒唱和的聲線。雖然她只有四歲，咬字不清，不過我愛死「小白」這個名字。

我相信世上只有雪麗才會以這個暱稱稱呼我。她認為我批上一身白色的皮毛，用伊芙這個名字不太合乎我的形象。

村落裡的居民和拜訪我們家的客人，總是振振有詞地向雪麗解釋有關黃金獵犬的特徵及來源，說什麼幼時的模樣，跟成年的外形迥然不同。雪麗會以一貫的表情，皺起眉頭，嘟著嘴，然後兩手反起我的耳朵，像划艇的選手一樣撥弄著。「這就是白色的小毛球……」

他們就會做一個無奈的表情，瞥一眼敏婷，然後說道：「幾個月後就會起一點變化。」數個月後，雪麗就擺出勝利的姿態，再用一雙粗短的手玩弄我的前腿，將它舉起，略帶囂張的語調道：「我就是說，白色的……」

他們頑固地顯露出信心滿滿的神情，撫弄著雪麗的頭髮，帶點輕蔑的聲線道：「再過數個月後，牠長大成人，就會長滿金黃色的毛髮了。報章雜誌上的知識錯不了。在香港，沒有任何一隻白色獵犬的。」

現在的我，體重已經差不多四十公斤，長出結實的肌肉，全身的毛髮擠滿得可以編織出一件大毛衣。而雪麗就一句說話也沒有喊出來，只擠出甜美的笑容，把薄薄的雙唇拉闊，臉腮脹起，飽滿得像小饅頭一樣。雙眼瞇成一條線，粗短的手臂放在我的頭頂上，輕輕拍打，表現出大獲全勝的自滿神情。

這一群自以為常識豐富的人，沒有在雪麗面前說出什麼話語。他們只是走到敏婷的身旁，壓低語調，在她的耳邊呢喃道：「丘太太，你的狗狗可能出了什麼毛病，就是基因遺傳的因素。泰國的白象是一個好例子。這個什麼的白化症，可能會帶給你沈重的負擔，所以要特別注意牠的行為舉止。」

他們認為我的性格沈默孤癖，相比起一般充滿熱情、活力、奔放的黃金獵犬，就顯得有點怪異，可能罹患了什麼怪病。

敏婷只報以微笑，然後說聲道謝。

我清楚知道，她只希望對這些人表現出真摯的一面。敏婷不僅認識我們這種生物，也明白我們的一舉一動所表達的思想感情。她沒有做出反駁，就是以免他們感到難堪。

人類個性獨特，與別不同。我們狗兒也是地球上的其中一種物種，當然也擁有不同的性情，只是人類認為我們是低等生物，沒有縝密的腦組織來建立複雜的情感。我沒有必要在他們的跟前展現出我真實的一面，因為我是屬於這個家，我只會將歡樂和希望帶給敏婷、雪麗，還有正毅⋯⋯

我們曾一起渡過最艱難的時刻。

誰也無法承受失去親人的悲痛。我們落過如雨滴般的淚水；我們也曾怨天尤人；我們亦嘗過把自己困在狹窄的房間裡發呆。

我知道自己必須要在短時間內重新振作；在短時間內擺脫憔悴、墮落，因為我要代替正毅去保護她們。假若我繼續頹靡下去，就沒有人令她們站起來了。

每當她們悶悶不樂時，我會做出愚笨的舉止，故意躡手躡腳去追趕我的小皮球，擺出各種古怪的姿勢，直至她們捧腹大笑，歡樂的容顏再次展現；每當家裡的小公主沉沉地熟睡了，敏婷獨個兒坐在沙發上痛哭時，我就會跳到她的身旁依偎著她，然後用鼻子摸慰她的胸口。

我記得小時候，母親大人總會在我的肚皮上搓揉撫摸。這一刻，我會感到無限的溫暖湧上心頭。我以同樣的方法來撫慰敏婷的弱小心靈，給她一點鼓勵，給她一點愛，讓她明白我一直以來都支持她，與她共同承受悲痛，分擔苦楚。

敏婷會抹拭淚痕，或者讓它隨意落下，然後把我一摟入懷。她清楚知道我最討厭被人擁抱。所有狗族群都不喜歡這種舉動，因為那是一種征服的姿態。然而，我知道敏婷最快樂的一刻，就是跟正毅相擁抱。我說過要代替正毅，帶給她們幸福快樂，所以，我讓她的雙臂緊緊地扣著我的頸背，而我就做出順從的動作，把頭輕放在她那纖幼的肩膀上，讓我的溫暖傳到她的每一寸肌膚上。

因為生活的逼迫，敏婷需要帶著悲哀的心情上班，因為社會的無情，敏婷無法安然地在家中休息，治療傷勢，渡過失魂落魄的日子。為了雪麗與我能夠繼續過著舒適的生活，溫飽肚子，敏婷要帶著疲倦的軀殼，走到熙來攘往的街道上，在高樓聳立的地域之間磨蹭。

我知道自己的無能，找不到一份合適的工作來賺錢，減輕敏婷的負擔。我以為每天努力鍛鍊身上每一寸的肌肉，專心聆聽正毅的授課，學習敏銳直覺的重要性，就能夠投進警察訓練學院，達成夢想。

當我以為自己準備就緒，與他並肩作戰……就在一剎那間，他就離去了。

我沒有被警官驅逐出學院；我依然相信自己能夠成為一頭能幹的警犬。可惜，我放棄了。

我放棄了返回訓練學院的念頭不是因為我膽怯；不是因為我好逸惡勞；不是因為我貪玩；不是因為他……

正確地說，是因為他的離開，我要負上保護她們的責任。若然我選擇到警察總部報到，就無法好好地看守這個家。我需要留在警察宿舍內；我需要依從長官的命令，隨時候命，追捕賊人。

我放棄了我的夢想，違背了正毅的意願。

我沒有半點後悔自己所作出的決定，更深信正毅會支持我。只有我能夠明瞭她們的真正需要；只有我能夠替代他來照顧家人。正毅更時常在我的夢裡出現，給我指示及鼓勵，讓我能夠正確地處理遇到的難題。

敏婷不知道我會在夢境中跟正毅交談。不過，她總是十分支持我所做出的每一個決定，輕撫我，讚賞我。或者，正毅也會在月夜皎潔的環境之下向她傾訴著有關我們每一天發生的事情，讓敏婷更了解我的思維邏輯。

時間的流逝是一種完美的藥方，治療過去各種喜怒哀樂的情緒，也是一種讓生物成長的營養劑。過往不明白的知識，轉眼已經熟練得渾灑自如；過去沒有的情感思想，轉眼已經懂得審時度勢，說話言詞運用得恰如其分。

任何生物也必須重新站立起來，堅強地渡過每一分、每一刻，直至生命終結時……

張誌炫

我搔癢著頭皮，打了一個呵欠，半倚半躺在黑色皮沙發上。

我的妻子端出早餐放在玻璃製圓形桌面上。她的腳旁有一團肥厚的物體不斷纏繞。

「這些食物不是你的，克雷孟特。」她邊將咖啡灌滿一只茶杯，邊像哄哄小孩子般呢喃道。

我一手在茶几上抓了一張紙，搦作一團扔向那頭傻頭傻腦的鬥牛犬。牠的反應敏捷，向後躍跳，輕鬆避過了我的攻擊，然後睨了我一眼，就把視線放回餐桌上的食物。

「喔！今晚，你何時抵達麗莎的家呢？」她突兀道。

「麗莎？」我猛然轉頭盯著她。

「我不是早已跟你說好了嗎？」她把頭抬起，停下雙手的動作，瞪大雙眼凝視著我。「你忘記了嘛？」

我揮揮手。「沒關係。」

「你預計自己何時能夠脫身離開事務所呢？」

「我沒有說過要去唷！」

「你有事忙嗎？」

「我要去參加派對。」

「你沒有提及過……」她埋怨道。

「我早已跟你說過了，葉文炘。」

「你沒有諮詢我的意見。」

「你不會有興趣。就算是跟你說了千千萬萬遍，也不會得到任何回應。」我敷衍道。

「這是另一回事。好歹也要問一問我。」

「好吧！好吧！」我翻了一個白眼。「你要去嗎？」

「你跟我一併到麗莎的家裡去就好了。」

「我的天啊！」我仰頭舉手呼喊。

「你只是想隨便找個衣著性感的女人刺激一下你的視覺神經罷了！」

「對啊！就是這個原因，我要去參加派對。」

「幼稚！」她嘟著嘴道。

我腦海內突然閃現出林敏婷的身影。白色半透明的長袖襯衫，配上一條短窄的黑色裙子，臉容保持一貫的冷酷神情，鼻樑上架著一副黑色粗框眼鏡，擺出撩人的姿態。衣服一件一件脫下，只剩白色蕾絲花邊內衣。冷豔的目光緊盯向前，肩帶緩緩滑落，裸露出白皙的乳房。

我的軀體不其然地做出了誠實的反應，下半身炙熱起來。

「喂，大律師！」文炘喝罵一聲，把沉醉於白日夢中的我喚醒。「要我給你邀請函才會走過來吃你的早餐嗎？」

「不，不。」我翻過身來，跪在沙發上，雙肘撐住背墊，故意利用它來遮擋住令人尷尬的位置。「我故意給那頭笨狗嗅一嗅咖啡的味道。既然沒有吃的一份，就給牠抽一抽香氣。」

我感到自己已經冷靜下來，一躍而起，跨過沙發，然後急步向前，把克雷孟特嚇得往後退了幾步。

「你剛才正在考慮去哪兒比較好嗎？」

「需要嗎？」我輕挑道。「你應該知道誰比較重要的，對嗎？」

「當然！就是說，對你而言……」她反駁道。「與我無關。」

我啜了一口咖啡。「我會晚一點回家。」

「要我替你準備什麼禮服嗎？」她緩緩地坐下來。

我瞄一瞄她，發覺套在她身上的是一件黑色蕾絲內衣，領口低開至胸脯前。「你那一套……是什麼衣服……」

她把手上的吐司送進嘴巴內咬了一口，然後邊咀嚼邊咕噥道。「你說什麼衣服哦？」

我沒有回話。她似乎頓時覺悟，停止上下顎骨的蠕動，猛然把頭轉向我，才發現我的視線正全神貫注著她的胸部。「你知道你這種眼光，充滿了侵略性嗎？」

「我認為早上來一點運動也不錯。」我的雙眼仍然放在她最性感的位置上。

她扔掉手中的吐司，彎下腰，一手摟抱起坐在旁邊的克雷孟特，將牠遞到我的端前。「你就替我陪牠到公園跑一跑吧，好嗎？運動可以令你的頭腦更清醒。你不是正有幾場大官司要應付嗎？」

我拿起茶杯，灌了一口咖啡，佯裝趕忙的模樣，一屁股躍起身，朝房間方向走去。「一般西裝就可以了。凱文說過那是普通的派對。」

「你不是要做運動嘛？」她揶揄道。

「我走路上班就可以了，謝謝！」

我承認對林敏婷這個女子產生了幻想。對於大部分的男士而言，高傲的女性充滿了吸引力。一般場所內，穿著性感的女子會自動自覺地竄進你的視線範圍，引起你的注意，然後藉機湊近。你不用費力氣，且不用花言巧語，就能把她誘到床上。大部份的男人就是喜歡這份征服感和佔有慾。

我要澄清一點，就是我對我的妻子從一而忠。雖然我也會跟其他男子一樣，說說不文笑話，討論某位女演員的惹火身段，研究風月場所的格調。事實上，我只是那種言過其實的呆子。

可能我只是一名懦夫；一名騙子；一名虛偽者。我敢確定自己是一位好丈夫。在世間上，我最愛的，就只有葉文炘。

伊芙

早上七時四十五分。

敏婷端上早餐。習慣上，雪麗早已安靜地坐在椅子上，雙腳不停地擺動，等待著她最喜愛的牛乳飲料。

我也準備就緒，趴下來，躺在安樂窩上等候敏婷給我送來食物。

我慶幸正毅執意要騰空出一個極大的空間來做我的居室。當初，他否決了購買一間像牢房的狗屋，就是那種連轉一圈也覺得煩亂的狹窄地方，四肢只能縮進肚皮下的蝸居。他亦否決在大宅的門外擺放一條圓柱形的木頭，加上一條鐵鏈把我拴上，令我的活動範圍只有在兩米的圓周內繞圈子。

我最喜愛在地上翻滾動，盡情地伸展筋骨，尤其在大街上瘋狂跳躍奔跑後，鬆馳一下疲勞的肌肉。我也特別喜歡背靠着地，頭顱仰後，四腳朝天地睡覺。

當然，我也不太清楚自己竟然會做出這樣醜陋的舉動。雪麗最喜愛模仿著我的古怪睡姿，前腳不停地撥動，夾帶著低吟的吠叫。我想那是在夢中與正毅練習跑步的姿勢。

早上八時左右。

敏婷開動黑色的迷你車，把雪麗載到幼稚園後，就駛向鬧市上班。

那輛黑色迷你車是正毅的第二生命。它是一架警車，也是一架闔家歡的旅遊車。正毅駕著它四處追蹤緝捕犯人，有時候，還要在馬路中左穿右插。他跟我說過，它的馬力很大，並不是一般的小型車，因為它經過改裝，令它的潛能能夠瞬間爆發起來。每個星期天，我會跳上他的車子內，趴坐在前座，四腳牢牢地抓緊座墊。正毅以極慢的速度行駛車子，讓我觀看外面的花花世界。有時，他駛至高速公路，會把車窗調控，我就把腳掌搭在半開的玻璃窗上，探出嘴巴，張開大口，伸出舌頭，讓風吹亂我的毛髮。

當敏婷成為這部車子的主人後，我就再沒有登上它四周遊逛了。

我的活動範圍亦被局限於這條村落附近。她告訴我，一個人難以照顧一位活潑小孩及好奇心極強的狗狗，更惶恐我會在陌生的地方迷了路，缺水又缺糧。敏婷向我發誓，當雪麗再長大一點，我們一家人就能夠再次去吹吹風，兜兜圈，欣賞這個世界其他新奇有趣的事物。

其實，她清楚知道我擁有像導航系統的探測能耐。我沒有為此向她發脾氣，也沒有為此悶悶不樂。我明白她真正擔憂的原因。她害怕失去了我；害怕再次失去重要的東西；害怕又一次承受悲痛的滋味。

我不會責怪她。我也十分希望我們一家人永遠聚在一起，快快樂樂地渡過每一天。只要雪麗在身旁；只要敏婷撫摸著我；只要正毅繼續在我的夢中出現……

星期一至星期五的大部分時間，我都擔任護衛員的職責，看守這間兩層高的建築物。我會走遍每一個角落，巡查每一房間，嗅嗅來自戶外滲透進來的氣味，以確保一切正常無誤。我要防止任何陌生人潛入屋內。

完成早上的巡邏，歇息一會兒，就三步併兩步爬下樓梯，走到最底層的黑色皮沙發上安靜地坐下來，等待眼前的電視彈出畫面。我不時瞥一眼高掛在牆壁上不停地繞圈的圓形時鐘，直至兩支長形棒落在十二及六的字體上，螢幕就會閃爍一下，深黑的畫面漸漸反映出影像來。一名衣著端裝的美女凝視著我，說出一段一段熱烘烘，卻未必含有什麼意義及重要性的資料與我們分享。

當正毅及敏婷發現我對每晚的新聞報導極感興趣，他們就決定調校電視機的自動開關鍵，按時啟動，讓我在獨守空屋的時段，找點事情給我抒發悶氣，也讓我這種喜歡熱鬧的黃金獵犬不會感到寂寞難耐。

然而，越細心觀察，就越發覺報導的內容有點膚淺無聊。我開始難以理解那些在電視台工作的幕後人員的腦袋，竟然比起我們動物的還要單純。

為什麼某位名人子嗣的財產爭奪官司，會惹起了平民百姓的極度關注，甚至不厭其煩地連日報導呢？為什麼報導員在大街上隨便找幾個人來做訪問，就以為代表了全國人民的意願及指引呢？我特別關注的是有關我們這些在大自然界生活的動物。我想知道最近海洋中活躍的海豚，在一片污濁的環境中如何努力求存；我想知道與人類關係密切的靈長類動物，如何在樹木稀少的林地裡找個安樂的棲息地；我最希望知道寄居在其他家庭的寵物有沒有受到適當的照顧，或有否尊敬牠們的主人。

我當然了解人類沒有必要報導這些與他們毫不相干的微細事情。我認為，既然活在同一天空下，活在同一個環境中，也同樣是為了存活而四處覓食，就應該相互理解一下情況，提供彼此的需要。雖然在半小時的新聞報導裡，中間會出現一小段，可能有大約一分鐘有關動物的資訊。然而，大部分的也是令人傷感的消息。

就在前一年，我們的鄰村白牛石村發生一宗十一頭狗兒被毒殺案。在短短的一夜之間，牠們就口吐白沫，嘴角滲出血絲。

這名兇徒沒有打算嗜一口狗肉，凶案現場也沒有任何打鬥的跡象。那麼，他就是以那種「好玩」的心情及態度來行兇的嗎？我想也想不明白，誰人會如此狠心，或許他真的十分討厭我們這些犬類生物，也可能是那十一頭狗兒曾經對他無禮，向他吼叫、向他施襲，而生了報復之心。

我清楚知道大部分的狗兒都是貪吃鬼，若然沒有好好上禮儀課堂，就會抵受不住誘惑。至於兇徒是否瞭解那十一頭狗兒的個性及習慣嘛，我想這個機會近乎零。

人類沒有閒情去理會我們這種對他們完全沒有威脅的物種。人類與人類之間沒有打算蒐集資料去體會各個族群的生活模式及文化禮儀，就連居住於同一城市內的居民，也似乎沒有意會到他們的情緒起伏變化是如此駭人。

我知道我們只是在地球上一種卑微的生物，怎麼能夠跟人類這物種相比較呢！

人類是這個地球的主宰，任何誕生到地面上的東西，也要遵從他們訂立的守則。敏婷曾經說過，人類能夠成為高等生物，有賴於基因遺傳的優越系統，既不是擁有超卓的捕獵能力，且不是擁有敏銳的感官。靈長類生物幸運地經過了悠長的歲月蛻變成為兩肢爬行的人類，並搭配上其他幾種生物的互助互利，才得以順利發展至今的文明程度。

這是依據達爾文的演化論為基礎的分析。不過，基因遺傳的優越系統沒有令犬類進化成高等生物。

我願意接受現實，但是我更相信天生我才必有用。

我們的眼睛無法像人類一樣清晰透徹地觀察世上的事物。它是我們最弱的感官，然而我們能夠透過每種動物體內一種叫費洛蒙的分泌物，利用最敏銳的鼻子去辨識一切。每一個個體都擁有獨特的費洛蒙味道，它的濃郁度及強烈度會隨著情緒改變，而軀體上散發出最濃烈的費洛蒙的位置就在胯下。

人類清楚知道狗兒最喜愛四處嗅聞，無論是牆壁角落、爬蟲生物、貓咪禽鳥，尤其是臀部位置。這既是我們的禮儀，又是我們結交好友的方法。

敏婷鼓勵我廣交友朋。她認為除了最重要的親人外，找幾個知己好友也是不能忽略的事情。她唯一反對的，就是我毫無忌諱地窺探人類的私處。大部分的主人也討厭自己的寵物做出這種令人羞愧的動作，並會立即制止自己高貴的狗兒繼續表現出無禮的行為。始終，這是屬於狗的禮儀，對於人類而言，那是一種侵略性的行為，是一種侮辱的舉止。

我尊重敏婷，可是我的狗性就是難以撇除。為了不致令她感到尷尬，我總是偷偷鑽進別人的懷裡，裝作是服從或是撒嬌，把鼻頭埋進他們的腰間，然後爭取每分每秒，收集所需的資料。我不時轉頭瞄一瞄敏婷，她總是流露出不滿的表情，雙唇緊閉，目光銳利地盯著我。她沒有責怪我，我想是因為我懂得巧妙地採用其他途徑來獲得所需，而不致於顯露出我猥瑣的一面。

在博覽群雄的資料分析中，小孩的氣味最讓我感到輕鬆自在。他們總是表現出真摯無邪的情感，若然他喜歡你，就會把你摟在懷裡，輕撫搓摸，反之，他會表露出厭惡的神情，避而遠之。

小孩完全沒有莊重禮儀的觀念。他們會騎在我身上把自己幻想成為一名戰士，策馬奔騰，或者玩弄我長垂的耳朵，遮蓋我的眼睛，戳擦著我皮革似的黑鼻子。我沒有反抗或嘗試嚇唬他們，因為我完全體會到兒童直率的個性。

年幼時，我喜歡咬嚼東西，只要能夠放進口內的物件，又或者任何東西恣意伸進我嘴巴的範圍附近，也會被我的細小牙齒啄磨一番。這是狗兒其中的一種天性，然而，它只允許在童年無忌的時間發生。長大後，你的一舉一動也會受到社會的規範約束，天性就成為人類所謂的野性了。

成年人的世界其中一種禮儀，就是要懂得如何壓抑野性從軀體內誘發出來。各種規則在成長過程中不斷地被授予，學懂在適當的地方做出恰當的行為舉止。你要釋放囤積在肚子裡的污穢物，就要在廁所內解決需要；你要控制慾望，以免在大庭廣眾，眾目睽睽下突顯出你的性器官來滿足渴求。

家裡有特定的規條；村落有傳統的管理模式；城市國家有固定的法案條約給予居民遵守；而世界亦訂下了某些盟約需要各國人民接受。當中，我認為某些條例是相互抵觸的。就是說，你若然遵守家裡的禮儀，那麼你就違反了國際性的規定；若然你依據國家的法例行事，可能就破壞村落的傳統了。

雖然狗界的各式品種都有特定的舉動，用作為內部資訊傳送的方法。但是我們認為廣泛性的模式，會令我們這種族類能夠在世界各地也能達到互惠互利的局面。我想人類總沒有聽說過日本的犬隻走進美國的國境內會因為方言不同，溝通困難而與其他狗兒大打出手吧！

中午過後的時段比較悠閒，我就會陪伴一下我的玩具。

在寂寞時或夜闌人靜時，我就會摟著它咬個不停，藉此得到慰藉。大部分的狗兒都喜歡布公仔作為他們的玩伴。我認為自己的心智比較成熟，故此挑選了一個小皮球成為我的寵兒。我喜歡把它叼在口中，然後四處找個人，擺放在他的端前。

我希望有個人陪一陪我的寵兒玩耍。有時他們會把它撿起來拋到遠處，或是用力一踢。而為了我的寵兒，我也會勉為其難地跟他們瘋狂一番，讓人類嘗一嘗你拋我撿的遊戲，或模仿成守門員，盡力地撲救他們踢出的猛烈射球。

下午四時，我會作最後一次的巡邏。

這次會比較嚴謹慎密，因為敏婷在五時左右回家，我要確保大屋的周圍安全無誤。雖然雪麗早已經下了課，一般人卻認為我無法好好照顧她，所以校方把她留在幼稚園內直至敏婷下班回家。

之後的時段，就是我們闔家歡聚的時間了。

這一刻，就是我最期待的……

第二章　呼喚

張誌炫

世界上沒有所謂真正的自由。

我們只懂得依從階級觀念的制度在社會上運作，接受它的操控，因為我們是群體生活的物種，普遍的人際交往是無可避免的。

每寸方土都有一位領導者。領導者的下層亦分為幾個等級，讓不同的崇拜者追隨。當上了老大，你就有義務照顧弱小；當敵人入侵，你就算知道實力相較薄弱，你也要用盡全力一擊，表現出自己的傲氣，就算輸了，也不會落得喪家犬的下場。

有些人不甘於被擠壓在最底層，而不斷進行抗爭。歷史循環不息，革命的因由也千奇百怪。我們清楚知道在社會上勢力最強大的就是最基層的人，可惜他們往往只能夠成為別人的踏腳石，而且只可以出賣勞力，卻少有的能夠貢獻出計謀策略。當最高的權力被推翻了，革命獲勝，最終他們也只能繼續在最前線上衝鋒陷陣。因為策動叛變、指揮下令、站在一旁虎視眈眈的，都是屬於覬覦登上頂峰的謀略者。

高、中、低這些詞語，就是說明世界上存在著優勝劣敗的理論，亦說明世界上，的的確確存在著階級主義。有些人總以為成就全依賴運氣的支配，卻完全忽視了智慧、學識、氣度、性格、人際關係，甚至基因遺傳。他們只會懂嫉妒羨慕，卻不懂反思學習。各階層之間不存在信任，所有關係都是虛假偽善。他們之間只能夠成為合作伙伴；他們之間根本不存在任何友誼。

「拜倫。」一頭摻雜灰白髮絲的男子闖入了我的辦公室，把手中一份文件扔在我的枱面上。「替我處理這樁案件。」

「我正在準備一宗情色訴訟案。」我抬起頭凝視這名位高權重的人，為他表現出不友善的態度感到有點愕然。

「我認為這個比較重要。」他伸出右手，不停敲打著文件。

「他是連鎖服裝店的繼承人。」

「他是大地產商的孫子。」他斷然道。「你認為該怎麼辦呢？」

「我認為所有工作都應該依先後次序執行。」我立場堅定。

「對。如果你能夠成為洪泓先生這樣子的大律師——」

「我有選擇的權利。」我打斷他的話，反駁道。

「對的，你有這個權利。當你擁有屬於自己的事務所。」他攤一攤開雙手，聳聳肩。「希望這一天終會降臨。」

我緊閉雙嘴，無言以對，眼睛緊盯著他。

「滿意了嗎，張先生？」他扯高嗓音道。

人類的社會結構簡單。簡單得只要繪出一個巨型的金字塔，就足以將各種族、各階層、各國國家及城市有序地排列出來，和平共處。

唯一條件：不要超越了界線。

每個人早已為自己訂下了一套守則，這就是道德觀念及思維意識有別的主要原因。

任何一種生物也經歷過這種經驗：測試底線的界限。

你無法草草從傾談中就能夠完全理解清楚，然而，你卻無法刻意去尋找出那條隱形的線絲。你永遠只能從無意的傷害中察覺它的出現，結果就是嚐到了教訓。而遭受到羞辱的生物，就會學懂謹慎。

「請給我匯報……」他雙手插入褲袋，猛然轉身離開。「每一日啊，記住！」

伊芙

今天早上，敏婷通知我，克里斯汀娜與她的丈夫會到訪我們的家。

黃金獵犬喜愛熱熱鬧鬧的氛圍，我也不例外。

以前，正毅不時邀請（我想有些客人是不請自來的）朋友來歡聚宴會。有的來自這條鄉村的居民，有的是他的同事及朋友。他就是那種慷慨豪邁、不拘小節、熱情熱心的大好人。

歡樂的時光一去不返……

敏婷既沒有時間招呼朋友，且沒有閒情跟其他人寒暄一番。她的眼裡只有雪麗，亦是唯一需要悉心照顧愛護的人，況且敏婷的性格就是喜愛清閑寧靜的生活。自從正毅離去後，村內的鄰居、村長及其他聲稱是正毅的親人及朋友，也沒有踏進或跨過我們家的門檻了。兩層高的樓房內，只有兩位女性及我這隻母狗。

我知道在香港這個細小的城市裡，某些地域、某些地區、某些村落仍然存在那些古舊的傳統。所有擔當重要職務，擁有無上權力的人皆是男性。在大自然界中，有能者居之已成為定律。領導者的地位，會由後裔承繼，或由選舉產生，甚至以決鬥比賽來分高低勝負。

我不得不承認，雌性動物的體格及力氣的確比較略遜一籌。當然，這是與其他大型犬相較量時得出的結論，若然有一隻小型犬斗膽向我挑釁，我認為自己絕對不會敗給牠。

正毅曾經說過，在原始人猿時代，男與女的階級地位並沒有現今社會上的多種限制。不知道在何年何月，女性的心態產生遽變，她們開始特別注意外貌及體形線條。我的意思是，男人亦會保持容貌整齊潔淨，不過，女仕們就是喜歡塗上什麼的粉末液體，令青白的肌膚變得紅潤；暗啞的膚色變得白皙；缺乏神彩的雙眼變得晶瑩明亮。她們似乎忘記了在社會上得以立足，鞏固地位的方法，是依靠頭腦，而不是外表。

本來，男與女能夠在生活中通過大大小小的考驗，去提升體力、適應力、智力、情緒管理、集中力、忍耐力等等的技能，藉此抗衡對方，以達成均勢。可惜，當某些人知道美貌也能夠產生出一種極強的力量，社會上原有的那套定律逐漸被淘汰及改變了。他們利用這些女人，操控著整個國家的命脈，既不需要擁有政治的知識，且不需要卓越的管理手法，也不需要指揮及控制軍隊的高超技巧策略。她們創造了一種只需要擁有吸引的外表就能掌控一切的特別魔法；她們學懂了利用其他途徑去奪取自己所需要的東西。不明白所以的人，會認為她們是巫女，懂得黑暗魔法；有些人認為她們是上帝派下來的使者，考驗世人的智慧。

人類跟大自然的動物越走越遠。我們不明白那些嫵媚的女人憑藉什麼能耐，能夠左右國家的政策，而其他平凡的女性，也搞不懂自己的才幹，總得不到男性的賞識。

當一種思維意識在社會中獲得認同，它就漸漸成為了規範。這種規範制抓住女性的獨立思想活動；肯定了女性的容貌為首要的禮儀行為；阻礙了女性進入知識領域，學習人際之間的利益關係。

我感到十分興幸，因為敏婷仍然保持住睿智、敏銳及理性的態度。而在大企業裡擔任管理層要職的克里斯汀娜也是一位與眾不同的女性，就連她的寵物也顯得有點稀奇。

每次到訪，克里斯汀娜也會攜同那隻外貌醜陋、樣子跟腦袋一樣愚笨的鬥牛犬克雷孟特來給我戲弄一番。他一身白色夾雜黃褐色短毛的厚重軀體，彷彿巨石一樣。不過，只要我隨便吼叫一聲，他就怕得縮作一團或是一溜煙逃到遠處。我不討厭他，反而我十分喜愛他，才會跟他玩個樂意忘形。

在十二世紀，牠們因為善於鬥公牛而聲名大噪，而且牠們的祖先是狗界的世界第一獒犬。可是經歷了人類不斷的改良後，牠們的膽子也變細了。

克里斯汀娜最喜愛他趴在地上，肚皮貼著地面，四肢攤開，裝出一副可憐的模樣，最終受不住誘惑蹲下身走近他，撩動他小小的耳朵、螺旋狀的尾巴，然後搔一搔他如縐褶下垂的下顎及扁寬的鼻子，雙手不停地撫摸著他，替他按摩每一寸的筋骨。她稱讚克雷孟特的表現甚有風度，就是動作比較笨重，走路時肥胖的軀體左右晃動。

所有人也會替克雷孟特感到幸福，除了坐在克里斯汀娜旁邊的丈夫。

克里斯汀娜叫她的丈夫做阿誌，不過我曾經多次瞧見她走到他的身邊耳語，叫他誌誌。她以為沒有人會聽見這段音階的聲調，不過我就是咬字發音都盡收耳底，相信克雷孟特也在家中聽慣了這個綽號。那個人表現出對妻子的愛護及關懷，貼緊軀體，哼出輕柔的語調及態度。對自己的寵物卻表現出不大的興趣，就是連基本的撫摸動作也吝惜。克雷孟特也沒有打算去博取他的好感，就是舔舐他的手指，已經覺得自己盡了作為寵物的責任。

他的樣子平凡，粗短的黑髮塗上髮乳，銳利的眼神及筆直的鼻梁顯得有點冰冷，身上總是套上質料十分昂貴的西裝。

我認為他有點兒自大狂。觀乎他的外貌，每個人也認為他是年青有為的律師，而且作風務實。自從正毅離去後，一切有關法律上的事務也交給他處理，所以敏婷十分感激他的幫助，就像困窘的環境中遇到了一絲的曙光。

眾人也被他的外表欺騙了，就是連敏婷也中了他的圈套。人類就是喜歡以貌取人，只要將自己的外觀保持整齊潔淨，灑點氣味清俗的香水，談吐得體，就可以輕易地躲開眼睛的檢視。

可惜，他正在與犬種打交道，就算是套上了假面罩也搞不出什麼樣子來。從他的費洛蒙氣味，我能夠嗅出他的一點點邪惡。我的意思是，他並不是一名大壞蛋，不過他會做著一些矇蔽良知和不道德的事情。

這個假面人對我的態度如何？不過不失罷了。

我藉機靠近他為名，嗅聞他的下半身為實，盜取他身上不經意散發出來的資訊。他總會友善地伸出手讓我舔舐，然後搔搔我的下巴，稱讚我是乖狗狗。

克雷孟特總是對這個場面感到萬分緊張，迅即爬起身，雙眼盯住我，舌頭伸長舔舔空氣，四肢欲移動，卻故作鎮靜地佇立在地板上。雖然假面人對他不太愛護，然而，每隻狗也希望能夠獨享主人的愛。我為了讓他減少憂慮，會將視線移至地上，然後坐下來用爪子搔搔自己，打過呵欠，讓他知道我完全沒有敵意及威脅，只是純粹表現出對賓客應有的禮儀。

我認為要跟這個男人保持一定的距離，不要與他太過親暱。

下午五時十五分。

我癱在沙發上邊瞄螢幕上不太吸引的畫面，邊瞥一瞥時鐘的兩條長方形管指向的位置。一陣微弱的發動機聲響摻雜著嘎吱的壓碎沙石聲傳進我的耳朵內。我隨即四肢一蹬，整個身軀滾下來，在地上翻了一圈，奔向大門的前方，眼珠凝視著鑰匙的鎖孔。

四周回復一片寂靜，接著是零碎的腳步聲及噹噹的聲響，還有喃喃低語，嚼字不清的女孩叫喊。我的尾巴已經不受我的腦袋操控，狂亂地左右上下拍動，嘴巴咧開，口腔內所有唾液也傾瀉出來。

我盯緊著門把轉動了一圈，再一圈，門縫漸寬，新鮮的空氣湧進鬱悶的大宅內。第一名衝過門檻的是雪麗。「嘩！小白！」她的聲音如影隨形，攤開手臂，撲過來。

「乖嗎，伊芙？」敏婷在我的身邊擦過，左手伸向我的下巴搔了搔。

雪麗摟抱著我，雙手不停地撫摸著我的身軀，臉龐貼緊我的左頰，上下擦弄著我的毛頭。

「伊芙，待會兒客人來訪，你記得嗎？」敏婷的聲音從遠處傳來。

我抖一抖耳朵，頭部甩了甩，倒後踏了幾步，鬆開了雪麗的扣鎖術，步伐輕快地轉向廚房。

我腳底的軟墊壓在冰涼的瓷磚上發出嘎吱嘎吱的聲音。敏婷猛烈轉過頭來，對我莞薾一笑後，又把頭扭回去。

她似乎是趕忙著什麼，沒有閒情招呼我。

「小白……」在大宅內的另一邊傳來嘁嘁喳喳的聲音，故意壓低音調。

這是一個暗號。我偷瞄了敏婷一眼，瞬即轉過身來溜出廚房。雪麗咧嘴而笑，坐在沙發上，雙腿因為短小，懸在空中有節奏地擺動，雙手繞在背後。

我知道雪麗要給我零食了。我微微張開嘴角，四平八穩的走到雪麗端前。

「小白，乖嗎？」雪麗繼續以低音說話。

我立即坐下來擺一擺動尾巴。

「上來吧！」雪麗用下巴指一指向旁邊的位置。

我一躍而起，腳掌陷入軟棉的沙發上，趴下來貼邊她的腰間，然後凝視著她那瑩亮的雙眼。

她伸出左手，握緊的拳頭鬆開，露出掌心上的方形餅乾。

我嗅了一嗅。是奶油餅乾。

「吃吧！」

我依她的批准，一口咬住餅乾，在嘴巴內磨成幾塊碎片，吞下肚裡。

「我有四塊餅乾……只吃下兩塊。」她說罷，伸出右臂，攤開手內的圓形餅乾。「不要給媽咪知道啊！」

我迅速將另一塊的餅乾也送到我的胃裡去。

「我還有一杯柳橙汁的……」她的表情有點為難。「不過，太美味……我全部渴乾了……」

小孩子就是懂得直率，不擅長撒謊。我的意思是，他們能夠吐出虛假的資料，可惜，四肢及軀殼卻出賣了他們，良知從體內滲透至全身的肌肉及神經，抑制了邪惡的靈魂。要瞭解實情，從孩子的肢體行為及臉部就能一探究竟。雪麗對於自己向媽媽做出隱瞞，既表現出忐忑不安的情緒，且為自己貪吃而忘記了分給我的一份感到不安內疚。

我十分希望退化了的拇指能夠重生，然後就能夠輕握她的頭，撫弄頭髮，然後說一聲多謝。再者，我想告訴她，敏婷一直也在窺視著我們之間的秘密。我從眼角瞟了一瞟，就瞥見敏婷的頭從廚房的門檻悄悄地伸出。我早已經察覺她在監視我們的一舉一動，因為我清楚聽見鞋履敲響地板的撞擊聲。我瞄了一瞄敏婷，她迅速將食指放在唇上，然後噗哧一笑，掩著嘴巴，縮回到廚房裡去。

「雪麗！」敏婷喊叫道。

雪麗立即擦掉手上的餅碎，然後跟敏婷一樣，將食指放在唇上，要我不准作出半點聲響。

「雪麗！」敏婷再一次呼叫道。

「媽咪，我正在換衣服……」

「不用了。姨姨與我們一併出外散步。」

我為雪麗的單純感到既驕傲且無奈。她似乎還不理解聲音的音量隨著距離及位置而有所轉變。就是說，她的房間在樓上一層，她又怎能夠以清晰及洪亮的音調來回應敏婷呢！

雪麗沒有繼續自編自演詐欺遊戲，興奮地扯高嗓音道：「老虎仔也要跟小白去遊逛嗎？」她忘記了自己正在假裝在房間內更衣，想也不想從沙發滑下來，跑到廚房。「小白會把牠誘拐到野外甩掉嗎？」

「不會。」敏婷用抹手布邊擦拭手掌，邊走到客廳，然後對我說：「應該不會吧，對嗎，伊芙？」

我傾側頭凝視著敏婷，感到疑惑。

我希望她只是跟我說說笑。

雪麗一個箭步衝向樓梯，雙腳左右抬起，動作誇張，踏上寬長的階級，以為這樣子能夠加快速度攀上另一層的樓面。

敏婷瞄一瞄雪麗的背影漸漸消失，轉過頭來繼續說道：「不要去瀑布那一邊，牠可能不太深諳游泳。」

我嘗試集中精神傾聽敏婷說的每一句話，大門外卻傳來腳步聲分散著我的注意力。我將外耳翻開，接收訊號，挺直腰背，雙眼轉了一圈，一躍跨過沙發的扶手，落在地上，然後奔向玄關，抖動鼻子嗅嗅從門縫隙滲進的氣味。

我確定克里斯汀娜及克雷孟特就在附近。

「噢，他們來了，對嗎，伊芙？」敏婷繞過我，扭動門把。門一打開，一陣暖和的清風在我的身上吹拂過。克里斯汀娜的左手纏繞著一條拉繩，克雷孟特就在她的旁邊伴隨。我禁不住吠出兩聲短促的叫號，表示出我對他們的熱烈歡迎。

克里斯汀娜一跨過門檻，就立即向我問候一番。「你好嗎，伊芙？」她搓揉我的下巴。「好像胖了一點，因為雪麗時常給你零食嗎？」她把手移向我的吻部輕撫幾下。

我長胖了嗎？或許是的。不過，她應該知道女性最討厭聽到的詞語是肥胖。我藉機會舔了一舔她的掌心，分析一下最近她的狀況及情緒。她有點緊張。最近有什麼困擾的事物嗎？她的丈夫？還是她的笨狗呢？

敏婷蹲下身，向克雷孟特邊打招呼，邊解開扣在頸圈的拉繩。「你好嗎，老虎仔？」

克雷孟特的舌頭垂下，差不多貼至地板。他過份興奮，喘氣的聲音比得上打雷響。

「你的丈夫呢？」敏婷邊關上門，邊將繩捲起。

「他要參加派對。你知道我對於擠迫熱鬧的場面感到不太自在。」克里斯汀娜說。

「貴人事忙。」敏婷走向沙發。「我在新聞報導內留意到他正在處理的那件案子。」

克雷孟特想緊隨敏婷。我知道雄性的生物總會對美麗的東西動心，帶著色迷迷的眼神，有所企圖。我不會給他有機可乘，我要粉碎他的詭計。

我立即踏前一步把他擋下來，雙眼緊盯著他。他佇下來，躲開我視線，身軀縮作一團，趴在地上。我走到他的身旁，他立即翻身躺地露出肚子，尾巴夾在後腿間，耳朵向後平貼在頭，前腳屈曲。我對他的降服之意感到十分滿意，希望他不會恐懼得撒出尿來。克雷孟特抬起頭，嗅著我的胸腔，我壓低頭嗅一嗅他的吻部，他立即伸出濕潤的長舌舔舐我的臉頰。我繼續向下移嗅他的頸圈、胸部、肚子、鼠蹊部。

我十分確認他的情緒已經平穩下來，費洛蒙的氣味由濃烈的亢奮淡化為順從。

「小白……」一陣喊叫從樓上傳下來。

我與克雷孟特都被這突如其來的聲音嚇了一嚇，猛然把頭轉向樓梯間。

雪麗的身影從轉角處鑽出來，一手拿著皮革頸圈，一手繞著一條長繩不停亂揮。她踩下最後一段的階段，瞄了一瞄前方，禁不住嘩了一聲，大叫道：「老虎仔！」

她差不多用跳的從一級一級的樓梯躍下來。當她安穩著地，打算奔向我與克雷孟特的位置，抬頭一望沙發的兩個身影，立即楞了一楞，呆木了半秒，才挺直身子，雙手放在背後，音調變得溫柔地道：「姨姨，你好！」

克里斯汀娜帶著微笑，扯高了嗓音，走到雪麗的端前蹲下。「嘩！雪麗要帶小白散步去了，對嗎？」

雪麗點點頭，臉容保持繃緊。

「你會否帶同克雷孟特一併去遊逛唷？」克里斯汀娜輕撥弄著她柔軟的頭髮。

她轉頭望一望向敏婷，尋求指示。

敏婷點點頭。

「嗯!可以。」雪麗猶豫片刻，繼續道：「牠乖嗎？」

「嗯！」克里斯汀娜用力點頭。「你要好好照顧牠喔！」

「小白也會保護牠。」

「噢，是這樣子嗎，伊芙？」克里斯汀娜裝作詫異，把頭轉過來問我。

我亦步亦趨走到克里斯汀娜的端前，用鼻子推一推她的小腿。

克里斯汀娜搔一搔我的頸脖。「就交託你了。」

我把整個身軀扭過去，鼻子指向雪麗，把頭輕輕抬起。她小心翼翼地替我扣上頸圈。

敏婷從雪麗手中拿過拉繩，拍一拍我的背脊。「好了，出發吧!太陽快要下山了。」

戶外散步是每日的生活規律之一。

以往的日子，不論早上或夜晚，正毅都會讓我消耗所有精力，滿足我的過度活躍機能。他彷彿擁有無窮無盡的力氣，與其說他陪伴我跑步來鍛鍊體格，不如說是我陪伴著他去完成日程中最艱難的一項任務。

敏婷不太喜愛舒展筋骨。她絞盡腦汁找個藉口，推搪我的邀請，逃避正毅的逼迫，只是為了癱在沙發上看電視。就算是走到戶外活動，她只會攜帶我最深愛的小皮球，來幾趟你丟我撿的遊戲。極度虛耗體力的劇烈運動，就全交由正毅處理，她就淋漓盡致地發揮母愛的精神，與雪麗在公園內玩玩捉鬼、堆堆沙粒，或者在滑梯攀爬及盪盪鞦韆。

大約在一歲時，我與正毅開展在村落附近巡邏的行動。他認為我有足夠的能力去獨立應對危機，就帶我到山林中的路段進行訓練，甚至邀約我的好朋友一齊參與。他說他們擁有豐富經驗及強健體魄，能夠幫助我日後成為優秀的警犬。

敏婷一如往常領我到這個讓狗兒玩樂的空置地方，解開拉繩，讓我自由跑動。

我繞著克雷孟特打圈，表現出極度亢奮，並恣意向他進行挑釁。

他沒有還擊。當然，他嘗試過，可惜就是沒辦法，因為他仍然被一條繩子栓上，無法解開束縛向我發動攻擊。

「我總是認為讓牠隨意奔跑是極之危險的事情。」克里斯汀娜的雙眼跟隨著我的身影轉動。

「害怕牠會襲擊陌生人嗎？」敏婷的雙手插進口袋內。

「牠膽小如鼠，只怕牠會被貓兒欺負。我擔心牠會迷失路，或獨個兒走到馬路中心，甚至被人誘拐了。」

「他曾經十分認同你的想法。你知道的，他是隸屬於紀律部隊，不會輕易蔑視既定的律法。我認為他是過於執著，剝削了伊芙的自由。」敏婷邊說邊從口袋掏出小皮球來。「伊芙！」

我被她撒出的殺手鐧分散了我的注意力，決定放棄玩弄克雷孟特，轉而投向我心愛的玩具。

「你怎樣說服他？」

「說說道理。」敏婷簡短地回答。

「你要他從法理與人情中做出決擇嗎？」

敏婷用力一投，小皮球已經由高空中墮下。我拔起四腿，卯足全力，迅速把球撿回來。敏婷的臂力足以讓她成為亞洲的一流棒球投手。這種距離所需要的筋力及氣量完全合乎我的口味，讓我滿足地瘋狂奔跑一段路程。

我還記得當初她那條連扭斷雞頸的力氣也不足的手臂，就算連瑪爾濟斯犬、巴哥犬、博美犬等等這一類的小型犬也略嫌缺乏挑戰性。雖然我還只是一頭幼犬，不過基因的遺傳已經賦予我這種用不完的精力。

「法律是由人制訂的。他們透過經驗和歷史，以人類的角度，建構出整個制度。」敏婷彎下身打算拾起小皮球，我立即踏前一步，一口咬住它，不讓敏婷拿起來。「那麼，屬於動物的法制呢？它是給人類的一種指引？還是要動物遵從呢？」敏婷挺直腰，雙眼瞄了我一下。

我趴在地上，用前掌抓住小皮球，鬆開口，伸出長舌頭，抬起頭望了一望敏婷，隨即放下它，退後兩步，興奮地吠叫一聲，以最真誠的態度邀請敏婷一併遊戲。

「我明白你的意思。不過，法律就是要保障大眾的利益。」

「我有時候會深思著，人類以哪種角度看待動物呢？人類又是否能夠瞭解言語所代表的意思呢？我希望他們向動物做了諮詢，那麼，對於牠們會比較公平一點。你知道那些咬傷人的狗及被人遺棄的狗，大部分會落得什麼下場嗎，克里斯汀娜？」

「安樂死……在無可奈何的情況下，應該如此終結。」克里斯汀娜瞥了一眼旁邊的愛犬。

敏婷從眼角瞟了我一眼，雙唇微彎，雙手垂下，然後迅速弓下身把地上的小皮球搶過來。「他們稱之為人道毀滅。若然以狗的道德，或是其他物種的道德來說呢？如果有一種動物，牠們的生存方法就是獵殺其他生物，那麼，人類要這種動物滅種嗎？大自然的道德規律是什麼呢？誰來制訂呢？」

敏婷用力一擲，小皮球以高速在空中轉動。

我在敏婷屈曲手肘揮出之際，已經四肢一蹬，扭動轉身，抬頭瞪眼專注於球的飛行路線，並打算在半空中就將小皮球擒下來。我驅動最大的能量，爆發出最強的力勁。當我再抬頭瞥了一眼，一團粉紅色的物體在我的頭頂上横越，並急速墮落在地上。

我記得我對這種絕技進行操練超過五千次了。

我想正毅與敏婷對我感到十分失望，因為我沒有成功地做出這項高難度的動作。

我瞧見其他狗兒能夠追蹤那些圓形飛碟的路線。它能夠在半空中翱翔，而且降落的速度均勻。狗兒邊跑邊察視飛碟的位置，穩操勝券地躍跳起來，一口咬住。

我撿起小皮球，輕放在嘴巴內。我沒有以焦急的心情趕快跑回去敏婷的端前，反而帶著輕鬆的步韻，故意表現出一副滿足的神情，因為我瞥見克雷孟特的舉動極為忐忑，四肢不時前後左右移步，連繫著克里斯汀娜與他之間的拉繩變得繃緊，無法再踏前一步。

從他的表情，我確定他對小皮球已產生了無限的憧憬，想像自己在寬廣的大地上無拘無束地狂奔及追逐。

「都全是為了牠們。」克里斯汀娜垂低頭凝視著克雷孟特。「亦為了保障人類的利益。若然惹上了狂犬病或其他潛伏性的疾病或精神病，會對社會造成困擾。」

我坐下來，尾巴狂亂地擺動，咬著球不放。

「小白。」雪麗走過來伸出手向我索取口中的小皮球。

「人類的世界總是存在著一些腦病變的人，破壞社會安寧，鼓吹民族優劣主義。我知道地球上仍然存在一些熱愛和平的人，可惜，每日的新聞報導，都充斥著血腥的影像。為什麼我們人類不規範一下自己恐怖的行徑，不把自己這種凶殘的生物禁錮起來呢？狗兒的族群內，大部分都是善良的、忠誠的。我們有什麼權利要限制牠們的自由呢？」敏婷從我的口中一手搶去小皮球遞給雪麗。

克里斯汀娜半跪在地上，解開扣在克雷孟特項圈上的拉繩。「要我給你一個機會嗎，克雷孟特？」

克雷孟特望一望克里斯汀娜，再瞄一瞄雪麗手中的球。

「坐下！」克里斯汀娜命令道。

「噢喔！」雪麗卯足全力揮出手中的球。

我知道這一球是給克雷孟特的，所以我緩步向前，裝作追逐小皮球。

克雷孟特顯得坐立不安，不時以淒慘的表情凝望著克里斯汀娜，可惜尾巴卻禁不住興奮之情，不自覺地擺動敲打著地面，而且幅度漸加猛烈，就連堅硬的瀝青路也快裂出縫隙。

「克雷孟特！」克里斯汀娜臉容肅穆，克雷孟特緊盯著她。

「你看看牠。」敏婷耳語道。「快要崩潰了。」她強忍住笑容，避免咧開嘴巴。

「去吧！」克里斯汀娜揮出右手，直指前方。

克雷孟特蹬地而起，四腳提拔，一瞬間爆發蘊藏的精力，耗盡燃燒，將之彌補以往的制約及束縛，禁不住大聲吠叫。我轉過頭來，瞥見他如子彈般閃現在眼前，一頭栽撞向我的胸部。由於衝力甚強，我的四肢無法抓住地面，整個身軀翻倒，滾了一圈。他立即跳上來，踩在我的肚皮上，努力嘗試從我的口中搶奪小皮球。

克雷孟特繼續向我進攻，我用前掌拍打他的臉龐，然後後腳一躍把他推開。我立即翻過身來逃跑，他隨即一跨搭上我的臂部，前腳扣住我的腰部。

這個動作難看死了。他就像性慾狂，只要眼前瞥見的是一頭雌性動物，就一躍而上，只為求發洩出體內的力量。我猛然轉頭，將上半身扭向後，下半身甩動卻無法擺脫他。我立即齜牙咧齒，皺起鼻子，吼出一聲宏亮且短促的吠叫。

小皮球從我的口中跌出來。我被他笨頭笨腦的樣子騙倒了，其實這頭小東西機智得很，或者應該說是狡猾。

一瞬間，克雷孟特已經從我的身上滑落，拔足衝前，一口把小皮球咬住，然後迅速開步跑。

我邁開大步追趕他。他就是忘記了自己那短小的四肢，要安裝一副加速引擎在自己的背上。我只消一秒時間已經超越他，雙腳一撲把他擒下，張開大口向他的耳朵咬下去。他立即翻過身來，粗壯的小腳不停蹬向我的頭顱，張開嘴巴，口中的戰利品也顧不及了。

這一刻，我們已經放棄了爭奪皮球的玩意。坦白說，幹架才是我們狗兒最喜愛的活動。

人類也喜歡玩摔角遊戲。我就不止一次瞧見正毅與敏婷在自己的房間內進行一場又一場的大戰。有時候正毅也會跟我玩玩摔角，不過敏婷對我們這種舉動十分在意，因為每一次的比賽，我都在他的手臂上遺下不少抓傷和瘀痕。不久，她就發出了禁制令。

雖然我十分懷念跟正毅的親密身體接觸，但是我認為敏婷十分聰明，亦瞭解我們狗兒的特性。玩打架遊戲時，人類用手掌及腳掌去取得優勢，我們卻會用嘴巴。當對手是較年幼的狗兒，我們都會調整上下顎的力道，咬來咬去。我們能夠嫻熟地控制力氣，就像人類懂得運用肩臂的揮動力，避免令對手受到傷害。可是這種嬉鬧的方式，總會在過程中發生不高興的事情，因為我們的情緒會隨著刺激感而高漲，就如正毅在玩得瘋狂之際，也會不小心碰傷我脆弱的腳脛，令我感到不滿，甚至差點兒要還擊，咬他一口。

我與克雷孟特玩翻滾，互相撲擊，假裝互咬。遠處突然傳來一聲吠叫，把我嚇了一跳，停止了所有動作，克雷孟特整個軀體也僵硬起來。

數秒鐘後，另一道音調的吠叫聲傳出，我立即翻身爬起來，拔腿開步跑，並且回應了一聲。我迎向一頭毛皮黃褐，背部黑色的德國牧羊犬。他的肌肉發達，英姿颯爽，流露出自信的表情，前腳抬起撲向我。我躍跳起來躲開，雙腿搭到他的身上。另一頭臉部、頸部、腳趾及尾巴尖端長滿白斑，呈黑色波浪狀粗毛的邊境牧羊犬一躍衝向我的臀部，把我撞倒，跌在地上翻了一圈。

我沒有停下來喘息一下，後腳隨即撐著地，前腿拔起跨步狂奔。德國牧羊犬及邊境牧羊犬跟在我的身後，不斷追趕著。

捉鬼遊戲開始了。

德國牧羊犬只需幾個箭步，已經逼迫著我。我立即煞停腳步，他超越了我，卻能夠立刻拐個彎，撲到我的背上。邊境牧羊犬沒有跟我們摟成一團，反而拐了個大彎，逆向跑離我們。

那隻鬼已經瞬間轉移至另一個軀體。

我與德國牧羊犬一甩轉身，視線緊盯著邊境牧羊犬的尾巴，前腳一跋，直衝前去。德國牧羊犬憑藉強壯的體魄，成為遊戲中的最終勝利者。他再一次輕易地擒住那隻鬼，我也藉機分享捕獵的成果，飛撲到他們的身上，扭作一團。混戰一番後，我當然不會錯過這個機會將兩位最要好的朋友介紹給克雷孟特。

「伊芙，伊芙。」一道低音頻的聲音從遠處傳來。

我知道這是敏婷對我發出的口令。我立即停下手邊的所有事情，以高速跑回她的端前。

我的雄性朋友德國牧羊犬擺動尾巴，走到她的端前。

「哈囉，肯恩！」敏婷蹲下身，輕撫著德國牧羊犬的頸脖。「哈囉，基斯！」她的另一隻手伸出來，搓揉著邊境牧羊犬的臉腮。

我的另一位雄性朋友露出一臉笑容，用濕潤的舌頭舔舐敏婷的手。

「這就是巡邏小隊嗎？」

「對。」敏婷雙手不停地撫弄著肯恩及基斯。

「你想跟牠們遊逛一下嗎，克雷孟特？」克里斯汀娜憂心地問道。

「狗兒是一群喜愛集體活動的生物。你剛才不是瞧見克雷孟特在無拘無束的環境下，如何快活地與其他同伴玩樂嗎？克雷孟特如影隨形地依附於伊芙的身後，因為牠視伊芙為老大。當主人不在身旁，牠會視老大為領導者。所以，我敢說，只要伊芙願意照顧克雷孟特，那麼，其他人要把牠偷拐，也要設法避開伊芙的耳目。」

克雷孟特屁股離地，腳跟貼緊地面，左右搖動身軀幾步，再一屁股坐下，尾巴開始搖晃。

敏婷面向我，溫柔地問道：「你會好好照顧牠嗎，伊芙？」

我擠進肯恩及基斯之間，騰出一個空間坐下來，讓敏婷能夠觸及我的軀體。

「好嗎，伊芙？」敏婷左手搓撫著我的下巴。

每當敏婷向我作出請求時，身體散發出的費洛蒙是最令人著迷的。我完全無法招架，只能答應她。「汪、汪！」

雪麗也湊近輕拍我的頸脖。「小白要當老大喔！」

克雷孟特一躍而起，瘋狂了似的不停地繞著我們轉圈。

敏婷拍一拍肯恩及基斯。「你們也要幫幫忙唷！」

肯恩吠叫一聲，引來我們以不同聲調音階的吠吼來和應。

我猛然立起來，急轉身，朝向目的地進發。

張誌炫

我從人群中竄進吧台前的高櫈椅中隨便找個空位坐下來。「你好，先生！要飲點什麼嗎？」吧台服務生禮貌地道。

「馬天尼。」

為什麼他們總是喜歡舉辦這些無聊的派對呢？為什麼要邀請我這個微不足道的小律師呢？令我感到意外的，就是自己也不清楚為了什麼，竟然會卑微地向他們點頭鞠躬，表現出無上的光榮感。

我就是討厭社交活動；討厭人多擠擁的地方；討厭熱鬧喧囂的場合；討厭話不投契的暴發戶。可惜，我就是無法拒絕，或者應該說是我沒有膽量去推卻這些富家子弟的邀請，因為我極需要借助他們的脈絡，擴充我的勢力，也藉此為自己的名字添上一道光環。

我記得年幼時，經常參加不同學校所舉辦的舞會派對。我的目的並不在於結識異性、尋找伴侶、狂歡熱舞，我只希望自己能夠成為他們的一份子。同時間，我認為這些活動無聊得很。就以聖誕節為例，我總是認為舉辦活動的主辦單位曾否想過聖誕的真正意義、起源歷史及有關宗教的目的。我更認為有些人已經將它當作是一項慶祝活動，提供一個藉口給所有的愛侶溫馨一番。其實，它不過是商人所製造的一個賺錢機會。他們還以為聖誕節就是盡情享樂的日子，甚至有些擁有宗教背景的人仕，更以為這就是耶穌的誕生日。

我沒有提出這些問題去引導舞會中的人一併思考，因為我害怕他們指責我的思想太過迂腐落伍；我害怕他們認為我在普天同慶的日子討論人生哲理是荒謬的，就像腦歪了的儒家學者。

直至完成了整個長達二十年的課室遊戲，考取了專業資格，以為就不用再阿諛奉承；不用再討好某一個人；不用再跟隨一般大眾的思維去完成每一件事情。原來，真正的夢魘才剛剛開始，悄悄地入侵我的腦袋，既沒有完結的跡象，且沒有終止的意慾。

我拿起水晶杯，啜了一口如水清澈的酒，就禁不住皺起眉頭，甚至想把喉嚨鎖緊封閉，把酒吐回杯裡。

服務生瞥見我那副痛苦扭曲的表情，煞有介事地道：「你還好嗎，先生？那杯酒有什麼問題嗎？」

我連忙揮手搖頭。「不，不。我不太習慣馬天尼的味道。你知道的，龍舌蘭比較普遍，就是在辦公室裡也存放了一兩瓶。」

「要給你一杯龍舌蘭嗎？」服務生臉上的疑惑一掃而空，立即帶著微笑問道。

「不用了。」我舉起酒杯，灌了一大口。「比我想像中還不錯。」這是我慣常使用的技倆，只希望在別人端前隱藏自己的弱點。

我始終擺脫不了社會的規範。坦白說，我的身體早已給了我一個警號，提示我不要觸碰任何酒精飲料，可是自尊心令我捨棄了健康。若然我可以隨意拿起一種飲品作為舉杯之用，柳橙汁或冰咖啡會是不二之選。

「嗨，拜倫。」幾名身穿華麗緞裙及高貴禮服的男男女女邊走過來邊向我打招呼。

我立即從欖上滑下，整一整理身上那套黑色西裝。「嗨，凱文」。

「你怎麼能夠坐在這裡獨自發呆唷？」凱文扯高嗓音道。

「不，我只是有點累，打算找個清靜的地方坐下來，休息一下。」我連忙解釋道。

「我的朋友都希望能夠結識你。」

「我想，我已經認識了不少……」我咕噥道。

「不，不！我要給所有的朋友知道是誰替我勝出那場官司。」凱文拍拍我的肩膀，頭轉向身邊一位樣貌俊俏，卻帶點風流的年青人道。「那起案件有點難纏，不過，對於拜倫來說，就變得輕而易舉了。」

「律師先生，幸會。」男子伸出手。

「這位是我的好朋友，艾勒。」凱文向我介紹這位男子。

我瞥了艾勒一眼，就知道他惹上了禍，想找個人幫幫忙。「你好，艾勒。很高興認識你。」我立即伸出手，用力地握一握緊。

「張先生，有勞你了……」艾勒莞薾一笑。

「叫我拜倫就可以了。」我禮貌地回了一個微笑。「是怎麼樣的案件呢？」

艾勒沒有回應，只是尷尬地笑了一笑，眼角瞟了凱文一眼。

凱文咯咯大笑起來。「你看他這張臉孔，就知道是情愛糾紛了。」

「有關男女之間的事情……」艾勒呢喃道。

觀乎艾勒的樣貌，就想到他會在酒吧誘拐未成年少女發生性行為，或是在宴會中搭上某位名媛淑女而招惑了禍端。對我來說，無論對方是哪種德性的女人，我都有一套辦法應付，只要他真的牽涉及男女關係，而不是男與男……

我凝視著他那副桀驁不馴的神情，突然想到了他的英文名稱艾勒的背後意義：未閹割的馬。

我很想張開大口，撐開喉嚨盡情將笑聲釋放出來。他竟然會給自己一個與自己的品格十分貼切的稱呼。

「扭曲事實是拜倫的本領。」凱文把手中的威士忌一飲而盡。

「你仍然能夠站在眾人的端前，繼續享受生活，就知道你這個壞蛋得到拜倫的協助，逃過法律的制裁了。」艾勒高舉手中的酒杯，另一隻手簇擁身旁的性感女伴，態度輕佻。

「你怎會知道那起案件的……」我詫異地道。

「我禁不住將精彩的內容告知他了。」凱文插口道。

「唏，凱文。你怎可以這樣子……」我壓低嗓音，在凱文的耳邊呢喃道。

他揮揮手。「沒關係，沒關係。他不會出賣我的。況且，他需要我出手相助，要不然，他就難以脫身了。」

「唏，等一等！我還沒瞭解清楚，無法確定能夠替你——」

「拜倫，你可以的！」艾勒打斷我的說話，並且拍拍我的肩膀。「我聽完凱文的故事，就知道你的利害了。」

「你懂得將加害者與受害人的角色對換。」凱文接著說。

「謝謝你們的抬舉。不過，我還是要看一看有關文件，才能給你回覆。」我委婉地道。

「這麼說，你就是願意當我的辯護律師嘛？」艾勒把手中的酒杯遞給隔鄰的女伴，然後雙手握緊我的右手，不停搖晃。

「嗯。」我點點頭。

「好啊！明天，我就叫秘書將所有資料傳送給你，好嗎，拜倫？」艾勒鬆開手，馬上摟抱身旁的女伴，回復花花公子的本性。

「事成之後，你要設宴酬謝他。」凱文舉起另一杯盛滿酒的水晶杯啜飲一口。

「你才是今晚的主角，凱文。」我揮手搖頭道。

「不是吧，凱文！」艾勒詫異道。「這個宴會……我以為這個寒酸的酒會是為了某位模特兒……」他搖搖頭。「你的品味變得落伍了。」

「真的是這麼差嘛？」凱文轉頭望向我。「律師先生，你不介意嘛？」

「不，不。我覺得十分不錯——」

「拜倫的意思就是不太好呢！」艾勒打斷我的話語。「重要的宴會，當然要在格調高貴的半島酒店舉行。」

「好！」凱文指一指向艾勒。「這個星期天，再來一場盛大的。」他猛然把手指指一指向我。「拜倫，這個星期天，好嗎？」

我尷尬地笑了一笑。「不用了——」

凱文沒有等待我的話說完，已經拿起手機大喊。「你立即租借半島酒店……」

我活在這群游手好閒、揮霍無度、窮奢極侈的富家子弟之中，替他們解決各式各樣的問題。最終，我從他們的身上換取了名與利。

我嘗過貧窮的滋味，受過冷嘲熱諷的對待。我替他們工作，就是為了擺脫痛苦。我極不願意擔當凱文的律師，亦不希望替艾勒這隻公狗辯護。為他們辦事，就要蒙蔽自己的良心，違背自己一直奉行的真理，忘記道德、忘記公義、忘記自我。

當我環視四周的人群，每個人都帶著激情、淫亂、放縱、虛偽去度過這一個晚上。我成為了他們的一份子，而且正為一位目無法紀的人慶祝。我瞧見他們猙獰的笑容，不自覺地幻想出另一群正在悲憤痛哭，咒罵世界歪理當道、助紂為虐的人。我也會假設有錢人的父母，都被氣得心臟病發，嘮叨著自己的兒女沒有好好打理家族上的生意事務，終日花天酒地。

「你……很面熟。」凱文突然轉了話題，手指指向依偎在艾勒懷裡的美艷女子。「你是哪個電視台的女明星嗎？」

女子咧嘴而笑，語帶嬌柔地道：「你猜猜看。」

凱文緊閉雙眼，皺著眉頭，手指不停敲打太陽穴。「你……你就是那套宮廷劇內的公主，對嗎？」

「唏，我的品味不會淪落至這個地步咧！」艾勒立即為自己辯護道。

凱文霎時睜大眼睛，像是領悟一切，彈一彈手指。「就是那位模特兒。廣告模特兒！」

「我不太喜歡那些後天加工的肉體。」艾勒斬釘截鐵道。

「她是時裝模特兒，為香奈兒擔任代言人。」我不經意地加入了他們的話題。

「喔，拜倫！你對女人也挺有研究。」艾勒讚嘆道。

「你選錯了對象，美女。艾勒只抱著戲弄的心態。」凱文搖頭輕嘆道。「像你這樣的人，不應該跪拜於那種淫賊。」

「唏，凱文！我不介意將她轉讓給你，只有你開出一個好價。」艾勒不斷地搓撫著那雙白晳的裸臂，然後把嘴唇壓在她的臉龐。

「二十萬。」凱文豪邁地喊道。

「你開玩笑嗎，先生？」女子瞪大閃亮的眼眸，右手掩在半裸的胸部上。

「當然，我是認真的。」凱文道。

「你以為柯拉是哪一種女子唷？」艾勒板起臉，木然地道。

「就如你所想的一樣嘛，艾勒！」

「我的意思是……二十萬！二十萬！」艾勒豎起兩隻手指，強調語氣。「你不是太吝嗇了嗎？至少也要五十萬。」

「噢！你的身價這麼高昂的嗎？」

柯拉翻了一下白眼。「先生，我就是為香奈兒工作的薪酬也有十萬元了。那麼，你認為我軀體是低賤的貨品嗎？」

凱文猛然點點頭，手伸進內口袋掏出一張支票遞給艾勒。「自己填上銀碼吧！」然後轉向我。

「有些女人就是值得你花光一切去擁有她。」

「我沒有多餘錢去討女人的歡心。」我勉強地翹起唇，展現出微笑。

「當然啦！因為你以才華及智慧為賣點。她們會自動自覺地親近你，討好你。她們只怕你會表現出拒絕的姿態及卑視的目光。」艾勒的話語充滿了智慧，似乎已經實現了世界上的一切真理。

「作為男人，總會對美艷的人充滿遐想。」我遲疑片刻，繼續道。「不過，我也十分愛我的妻子。」

「坦白說，你這樣年青就被盡毀了一生，平白錯過了不少機會。」凱文認真地說。

「我認為沒什麼關係。任何男人也可以四處留情，風流不羈是我們的專利。」艾勒反駁道。

「合法的妻子，就會有合法的制約力。當然，你還是可以選擇拈花惹草。如果發生了問題的話，就難免要處理各色各樣的麻煩和糾紛了。」凱文解釋自己的論點。

「你們這些男人就只懂得性愛，無視愛情的存在。」柯拉插口道。

「你們這些女子也抱持住開放的態度，甚至主動勾引自己心儀的對象。」我把頭轉向酒吧，撇開雙眼，凝視著端前的馬天尼。「不擇手段。」

「好！拜倫！」凱文與艾勒異口同聲，拍手鼓掌。

「所以你們會依據在外靠情婦，在內靠妻兒的理論去為自己的罪行開脫，對嗎，律師先生？」柯拉譏諷道。

「你們永遠不會明白男人的處事作風。要生意絡繹不絕，就要找個辦法令客戶高興。酒色財氣是免不了的。」凱文揮一揮手。

「擁有財富，就能夠擁抱女人。當你的錢越滾越大，就會發現身邊的女人，再多十隻手臂也無法全部摟入懷裡。你是這個意思嗎？」柯拉道。

「你也不是其中一份子嗎，柯拉？」我翹起嘴角，瞟了她一眼。

柯拉的臉色一沉，紅紅的雙唇緊閉合。

「唏，拜倫。我還以為你們這些專業人仕的思想會比較保守呢！」凱文拍拍我的肩背。「下一次，我一定要給你介紹那些來自選美會的女子。你知道嗎？在你身邊縈繞的人，跟你的社會上的地位成正比。所以，若然你要登入上流社會，就要懂得女人心了。」

「律師先生，你要認識我們這些模特兒嗎？」柯拉蔑視道。

「希望她們不會向我索取十萬元的酬金，可以嗎，柯拉？」我嘲笑弄道。

艾勒拍拍我的肩膀，然後嘻嘻大笑。「免費的，就不會是什麼好貨色了。你千萬不要中計唷！」

「凱文！」酒吧外的大廳傳出刺耳的喊叫聲。「凱文，你在哪裡？凱文？」

幾名臉貌呆木，像醉酒或吞下毒品藥物的青年人，腳步輕浮，四肢不聽使喚，撐大喉嚨咆哮。其中一名更把褲子脫下，在地上匍匐。

大廳內的賓客拍手吶喊歡呼。

「在這裡！」凱文揮揮手。「你們在攪什麼喔？」

「你躲在昏暗的空間內幹什麼？調戲良家婦女嚒？」其中一名男子咧開嘴唇，雙眼瞇成一條線。

「快過來！快過來！很好玩的……」他邊揮手示意，邊指向大廳的角落位置。

「有什麼新玩意嗎？」凱文問道。

「當然啦！不就是調戲良家婦女唷！」說罷，眾人扭作一團，爆出咯咯笑聲。

凱文隨手將酒杯放在酒吧桌上。「去看看咧。」

艾勒一手推開身邊的柯拉，與凱文急步溜開。我整個人緩緩地轉身，回到酒吧桌前，服務生立即給我送上一杯龍舌蘭。

我瞪大眼睛，呆木地凝視著他。

服務生沒有說一句話，只是微微點頭。

我極力撐開繃緊的肌肉，僵硬的臉龐，拉起嘴角的皮膚，莞爾一笑，然後拿起圓形的玻璃酒杯啜了一口。

「柳橙汁。」柯拉一屁股坐在我隔鄰的高櫈上，壓得座墊嘎吱發響。

我從眼角瞟了她一眼，再瞄一瞄服務生倒滿杯內的橙色液體，她瞬即側頭凝視著我，低壓語調道。「羨慕我嘛？」

我冷笑一聲，語調譏諷地道：「我需要嗎？」

服務生正準備把柳橙汁端在她的跟前。她一手從服務生的手中奪過來，然後灌了一大口，將杯中三分一的液體流進她的體內。她輕蔑地盯緊著我的面容，呯的一聲放下杯子，橙色的水點濺在吧枱上。「我瞧見你這副渴求的樣子，就知道你連點選一種自己喜愛的……」她停頓下來，沒有繼續說下去。

服務生連忙用抹布擦拭濕弄的酒吧桌面，不禁哼出半聲和表露出厭惡的神情。

「妳指的是工作嗎？是模特兒這個職業？」我瞄一瞄像波浪般起伏的橙汁，再瞥了一眼柯拉。「還是其他不可告人的工作嗎？」

柯拉保持輕鬆自若的表情。「這是我自己的抉擇。」

「對。我也是。」我拿起酒杯，一飲而盡，頓時感到胃臟正在炙熱燃燒。「我喜歡辛辣的滋味。」

「你就是一輩子也要看別人的面色了。」柯拉輕撥弄秀麗的頭髮。

「妳認為自己有別於躲在橫街窄巷的妓女嗎？」我繼續嘲弄著。

「我可以選擇我的客戶。凱文、艾勒，又或者兩者都不是。當然，你也可能是我的顧客——」

「不必了，謝謝。」我打斷她的說話。「妳的行為只是表現出妳的性觀念比較豁達……或者確切地說，淫蕩。」

「律師先生，請問你認為你的客戶凱文是屬於哪種人呢？你曾經替他們洗脫罪名的，又是怎麼樣的人呢？」她翹起二郎腿，露出修長的雙腳。「噢！在你接手處理他們的案子時，你應該清楚知道他們是罪有應得，或是含冤莫白，對嗎？還是你只需要埋頭苦幹，蒐集對他們有利的證據就可以了嗎？」

「妳知道嗎，小姐？我們沒有選擇的權利。」我臉色一沉，因為她擊中了我的弱點。

「對，沒有選擇的餘地。因為貧苦大眾無法為你們的奢華生活做出一點貢獻，也無法帶給你們名利與聲望。所以，你只能投靠那些該死的人了。」柯拉進行大反擊。

「我耗盡一生修畢那些一個又一個既昂貴，且無聊的課程，換來一兩張勉強可以給我生活的文憑證件。難道我還要辛勞地過日子嗎？我只是要取回我應得的——」

「每個人也懂得為自己的醜惡找個藉口掩飾，為自己開脫一切罪行。」她拍打著白皙的胸口，而且越加猛烈，泛起緋紅的指痕。「難道我就活該在泥土下生活嗎？你可以修飾你的道德，我也可以。我就是說，你不過是將那條底線放在海底萬呎之下。你知道嗎？若然我是妓女，那麼，你就是傀儡了。」

我感到面紅耳赤，並不是酒精起了作用，而是被氣得發瘋了。服務生繼續為我添酒。「妳為了金錢而犧牲了妳的軀體。」

柯拉輕蔑地笑了一笑。「可是，你卻犧牲了你的靈魂。」

「妳既然擁有一份優厚的工作，為什麼還要出賣肉體？」

「追求優越的生活質素，沒有什麼的滿足，也沒有什麼的限制。你不是相信這個真理而為金錢賣命的嗎？」

我苦笑著，不禁搖搖頭。「妳的辯才還不錯。請不要告訴我，妳在某間律師事務所工作唷？」

「律師先生，每個人也有自己的一個故事。你無法輕易跳脫出所扮演的角色，不過嘛，醒覺的力量總會降臨。」

我灌了一口龍舌蘭，然後吐出一口大氣。「謝謝妳的忠告，柯拉。」

「不用客氣，拜倫。」柯拉有禮貌地回應。

我一躍落地，留下高櫈不停地轉動。「我要走了，時間不早，我的妻子還在家中等待著我。」我正打算邁開腳步，卻立刻停下來，轉頭望向柯拉。「妳知道妳的英文名的意義嗎？」

「什麼？」她一臉茫然。

「柯拉。意思是處女。」我簡短道。

她禁不住赫然一笑，語帶輕佻。「那麼，我要換個名字嗎？」

「我有一個建議。」我舉起食指。「當妳醒覺過來……我相信，總會有這一天吧！就把名字撤掉，好嗎，柯拉？」

「我喜歡你的論點，大律師。」柯拉背對著我，拿起杯子飲了一口橙汁。「我接受你的方案。」她舉起右手輕輕一搖。「再會了。」

我猛然轉身。「再會了。」

伊芙

克里斯汀娜繃緊的臉容、焦慮的神情漸漸放鬆，閉合的雙唇向兩邊拉開，微微彎起。敏婷也不經意地流露出擔憂的情緒，雖然旁人無法從她的美麗臉龐上找到一絲線索，只要細心觀察，她的雙手會不其然地放在背後，手指間斷地敲打臀部。當然，若能夠走近敏婷的腳邊，我就能夠嗅出從她的胯下散發出的氣味，跟平常的費洛蒙有點差異。

我知道自己太過貪玩，而且克雷孟特也希望享受自由的感覺。對於路上遇見的每一樣事物也表現出好奇，嚴重延誤了我們的進度。當我們回程時，天色漸暗，蔚藍的天空變得緋紅，街燈亮起來，四周的空氣散發出清涼的味道。街道上的路人滲透出淡淡的汗液味，帶著匆忙的步伐趕回家。

肯思及基斯已經各自回去準備迎接主人。我步履輕鬆，緩慢地溜到敏婷端前。

她皺緊眉頭，雙臂交疊在胸前，臉上刻意綻露憤怒的神情。「你遲到了，伊芙，你知道嗎？」

我坐下來，伸出舌頭舔一舔空氣，眼睛瞄了她一眼，立即把視線移開，順便看一看克雷孟特。他重重地坐下，前腳勉強地撐在地上，腰背也累得不能挺直，濕潤的舌頭垂下，差不多貼到自己的胸膛。

克里斯汀娜替他扣回拉繩，輕撫他的頸背。「刺激嗎，克雷孟特？」

「你打算丟下克雷孟特在荒山野嶺……」敏婷揚起左邊眼眉，緊盯著我。

我裝出可憐的眼神，瞥了她一眼，轉移到地上，再瞥了她一眼，把頭微微垂下。雖然我清楚知道敏婷完全沒有惡意，也不打算責罵我，她只是在克里斯汀娜的端前顯示出我們的嚴謹禮教，且給克雷孟特的一點榜樣及訓導。

「麗莎……」克里斯汀娜帶點尷尬的語調。「我想，伊芙不會這樣子的。想必是克雷孟特耽誤了時間。」

敏婷轉頭對克里斯汀娜解釋道。「牠作為老大，就要負上責任，亦有義務照顧弱小。」她猛然望向我，保持雙臂交疊的姿勢。「對嗎，伊芙？」

我立即趴在地上，耳朵垂下，緊緊貼在頭上，嘴巴合攏，故意哼出微弱的嗚咽聲。

「既然知道做錯了，就要接受懲罰！」

我猛然抬起頭，瞪大雙眼，凝視著敏婷。

敏婷垂下雙手，轉個身，邁開大步。「今晚就節食減肥一下吧！」

我迅速彈起身，加快腳步追在敏婷的背後嗅一嗅，發現她的費洛蒙氣味清淡，然後繞過她的左腳，竄到她的前端，邊走邊抑頭望向她，瞧見她的臉頰沒有泛紅，額前及眉頭沒有緊皺，而且嘴角微微翹起，強忍著笑容。

我故意放緩速度，看看克雷孟特的態度。他的臉容表現出戰戰兢兢的神情，帶著順從的姿勢，連疲憊的感覺也一掃而空，不敢再向克里斯汀娜要求額外的照顧。

「唏，敏婷！」克里斯汀娜拉扯著長繩，讓克雷孟特跟隨著。「我也要給克雷孟特一點教訓嗎？」

雪麗悄悄地走到我的身旁，湊近我的耳朵，壓低語調道：「小白，你放心吧！我會藉機會躲開媽咪的耳目，把食物放在我們的祕密基地裡。」

我認為大部分的人，就是缺乏了敏婷所擁有的能力。他們既不懂閱讀肢體語言來分析情緒，且無法在臉上的細微動作中找出一點線索。

這可以算得上是一種欺詐術。而懂得運用這些技倆的人，藉著高科技的發展，透過圖像在上千上萬種的途徑播放，讓謊言能夠在地球上停留至少一個世紀。

電視螢幕畫面上的總統先生，振振有詞地站在講台上發表他的言論。攝影機捕捉住他那堅定的眼神，兩手揮灑自如，時而握緊拳頭，時而抵住講台的邊緣。清晰的語調透過麥克風廣播，向世人宣佈自己的理念。鏡頭迅速移向台下的觀眾，抓住他們如癡如醉的目光，細心傾聽著每一則故事、每一道評論、每一項政制策劃。

然而，我瞧見的卻是虛偽、緊張、忐忑不安、謊話連連的表情及舉止動作。在他提及一項經濟改革措施時，間斷地搓弄拳頭，刻意抑揚頓挫；在他討論醫療改革的問題時，雙眼的視線不時移開，或瞄一瞄對手的臉容，噘一噘嘴，流露出輕蔑的神態；口裡說的是左邊，右手卻高高地舉抬起來。這些小動作充份地出賣了他們的真本性。

世界上像敏婷一樣聰穎的人僅僅佔了一小撮。他們選擇不站出來聲討，不去揭露真相，因為他們明白到大部分的人需要的是慰藉和安穩的生活，不需要絞盡腦汁推敲事情的端偽，不需要思索著生存的意義。

我凝視著一頭栽埋在圓形器皿內的克雷孟特。扁平的吻部緊貼在糧食上，發生喀嗟喀嗟的聲響，嘴巴撐得闊闊的，大口大口吸入一堆乾脆的食物，然後用尖銳的牙齒咬磨一兩口，便咕嚕一聲吞下喉嚨。

他白白浪費了我的高級食糧，完全不懂得品嚐每一粒餅塊的製造成份及獨有的味道，以極快的速率享用完自己的食物，隨即把視線轉移至正方形桌枱上的食物，不顧儀態，表現出饑渴難耐的神情。

我沒有理會克雷孟特，獨個兒趴在沙發上觀看新聞報導。敏婷禁止我接觸人類的食物，因為它們添加了各式各樣的化學製品，令原本自然的養份變了質，不利於狗隻的腸胃消化而導致各種內外的毛病。

當然，我亦會抵受不住食物散發出的香味，偷偷地叼走地上的碎屑或藉機咬掉一兩口。她就是懂得挑選適當的時間，利用螢幕的光線誘惑我，分散我的注意力。然而，最吸引我的不是外表俊朗的男主播，且不是貌美的女記者。我全神貫注於新聞報導內裡提及的大小事情，讓我的腦筋思考一番，聽聽受訪者對於一知半解的問題，道出令人啼笑皆飛的答案；觀賞那些政客發表一堆前言不對後語的論調，騙取民眾的信任。

這一晚，我卻無法集中精神觀看眼前的畫面。瞳孔失去了焦點，目光隨便停留在螢幕上的影像，耳朵豎直，傾聽著克里斯汀娜與敏婷的每一段對話。

「有多少失蹤了？」敏婷問道。

「至少十隻。」克里斯汀娜舉起十隻手指。「四處已經張貼了告示。」

「什麼品種？」

「上如黃金獵犬，下至玩具貴賓犬。」

敏婷立即把頭轉向我。

我聽到這個噩耗，也猛然望向她。

「我也不太確定。」克里斯汀娜把食指壓在唇上。

「要勒索嗎？」

克里斯汀娜瞪大雙眼，呆木地凝視著敏婷，然後咯咯大笑起來。「他們似乎找錯了對象呢！」

「坦白說，如果伊芙被人擄拐了，我真的會提出交換條件。」敏婷仍然面對著我，雙眼充滿憂傷。

克雷孟特繼續在克里斯汀娜的腳下團團轉，期望嗟來一點食物。

「你要我把你贖回嗎？」克里斯汀娜低下頭，不禁問一問克雷孟特。

敏婷把頭轉回，對克里斯汀娜說：「為什麼沒有任何有關的消息報導呢？」

「只是遺失了一件物件，就如遺失了錢包，走到警察局報告，完成例行性的程序就是了。難道你會從報章內尋找到一則遺失錢包的報導嗎？」

「既然你知道了這起事件，竟然讓克雷孟特……」敏婷恍然大悟，驚訝地問道。

「我想這裡會比較安全嘛！你也沒有禁止伊芙單獨行動，不是嗎？」

「也不算得上是獨個兒喲。肯恩和基斯，就是你剛才瞧見的德國牧羊犬及邊境牧羊犬既是牠的好朋友，又是巡邏小組的隊員。而且，村落附近的居民也認識牠們，並給了牠們一個十分帥氣的稱號。」

「什麼稱號？」

「三傻。」敏婷簡短地道。

我猛然把頭轉向敏婷，帶點不滿地嗚咽了一聲。

敏婷揮揮手。「沒關係啃，伊芙！我只是將你們給克里斯汀娜介紹一下罷了。」

「牠們就像三國演義裡的桃園三結義嗎？」克里斯汀娜邊用手半掩著咧開的嘴唇，邊含糊地說道。

「對喔！只是沒有什麼偉大事蹟，反而留下一大堆沒頭沒腦，令人發笑，古靈精怪的動作舉止。」敏婷補充道。

「雜貨店的叔叔說……」雪麗手持小熊維尼的湯匙，將一小口食物舀到嘴巴內，邊咬嚼邊咕噥地吐出一句說話。「牠們會像海龜一樣在地上爬行。」

「海龜？」克里斯汀娜扯高嗓音道。

「嗯。」敏婷邊點頭，邊用手清理沾在雪麗臉上的飯粒。「你就想像一下，一隊在叢林中匍匐的軍人，為了躲避在頭上飛越的子彈，攝手攝腳地趴在髒污的泥土上掙扎。」

克里斯汀娜的瞳孔在圓大的眼眶內轉了一圈，深思片刻，然後瞄一瞄我，戛然嘻哈大笑起來。

「叔叔說牠們正在比賽。」雪麗放下手上的餐具，雙臂做出划水的動作。

「比賽？」

「誰先到達終點的爬行比賽。」敏婷拍一拍前額，不禁搖搖頭，輕嘆道。

克里斯汀娜再瞥了我一眼。「三傻進行比——」話沒有說完，她又咧開嘴巴，咯咯大笑。

「有一次，伊芙咬著最心愛的小皮球碎步走到自己的床邊，將它放在底下。」敏婷一手拿起空空的碗反過來，一手將桌面上的骨頭推進碗內。「就像要將它好好地埋藏起來，不讓別人發現，然後牠跑到大廳，嗅嗅沙發，又嗅嗅牆角，邊四處奔走邊尋找什麼似的。最終，走回床的附近，既認真又仔細地發掘，用鼻子推開軟軟的床，一口咬住小皮球，整個身體不停彈跳躍動，嘴角翹起，半瞇著雙眼，開開心心地走到我的身旁，放下小皮球，繞著我轉圈。」

我感到十分羞愧，卻無法找個洞穴躲進去。

敏婷竟然將我的秘密告訴給克里斯汀娜，而且克雷孟特也在傾聽著。克里斯汀娜的笑聲響遍震天，就連隔鄰的人也可以聽見她那尖銳的叫喊。

我想報復。如果我懂得講人類的言語，就會毫不猶豫地說出她與正毅玩摔角遊戲時的滑稽動作及醜態；獨個兒看恐怖電影時，拿著毛毯將整個人蓋住，而且會發出淒厲的叫聲。

克里斯汀娜擦去眼角的淚水，吸了一口氣。「為什麼我家的笨狗沒有那些惹人發笑的行徑呢？」

「因為牠們各有自己的性情。或者，你沒有察覺到牠的古怪舉動。」

「你有嗎？可以表現一下嘛？」克里斯汀娜搓弄著克雷孟特的頭。

「無論如何，只要牠們好好地活下去就是了，像人類一樣，像大自然所有為求生存的生物一樣。」

「為什麼他們這般殘忍，不讓其他生物安穩地過活呢？」克里斯汀娜雙手一抓，抱起克雷孟特放在自己的大腿上。「你真的十分重嗜，克雷孟特！看你的樣子，似乎生活過得蠻不錯喲，是嗎？」

「這些人利用其他動物，令自己過著奢華舒適的生活。」

克雷孟特伸長頸脖，動一動鼻子，嘗試湊近端前殘餘的食物。

克里斯汀娜兩手把桌前的餐碗用具一推，距離克雷孟特更遠，就是連嗅一嗅也感到困難。「他們的目的只是尋開心。虐打這隻頑皮貓，毒殺那隻貪食狗。」

「就像傳染病毒一樣，透過空氣入侵蠶食腦袋。心術不正的人，藉機啟動神經，擬定計劃，毫無約制地破壞殺戳。然後一個傳一個，一個傳一個，最終也會散落至我們這個區域。」敏婷道。

「那時候，你就會目不轉睛，手不離繩，緊貼著伊芙了，對嗎？」

敏婷無奈地笑一笑。「我不知道。」她猶豫片刻，繼續道：「若然某個地方發生了擄拐小孩的事件，而且接二連三地……那麼，你打算把自己的小孩終日困在家裡嗎？如果警方未能成功破案，你打算何時才釋放孩子，讓他重獲自由呢？對於父母而言，自己的小孩永遠也是長不大，不論十歲、二十歲、甚至四十歲……你怎麼辦才能夠讓他體驗世界的善與惡？你怎麼辦才能夠確保他們安全無誤？你怎麼辦才能夠瞭解他們的真正需要？」

克里斯汀娜勉強地附和敏婷，擠出一點微笑。「要來的，始終會到來，怎樣也躲不了。」

「嗯。」敏婷點點頭，目光移到桌上的餐具。「阻止他履行職務嗎？阻止他執行任務嗎？要以婚姻關係威脅他嗎？既然不願意面對現實，當初就不應該選擇他為終身伴侶。」她緩緩地抬起頭，凝視著克里斯汀娜：「唯一能夠做到的，就是接受……對嗎？」

我立即把頭抬起，雙眼緊盯著敏婷的背面。

她是多麼的堅強；她是多麼的豁達；她是多麼的勇敢。我敬仰她，並不是因為她能夠應對問題，冷靜地處理當前的要務。最值得我欽敬的，是她那顆勇於接受現實、不畏懼危險狀況的心態。就算是性命受到威脅，也沒法擊破在她內心所建立的一套真理。

「麗莎……」克里斯汀娜莞爾一笑。「我不知道能否像你這般堅強……我的意思是，如果阿誌遭遇不測……」

敏婷把頭轉向我。「你不會向惡勢力低頭吧，伊芙，對嗎？」

我坐起身，挺直腰背，吠了一聲。

敏婷嘴角翹起，咧齒而笑。「你還是要繼續四處巡邏，對嗎？」

我叫了一聲，然後響亮且清晰地吠出堅定的音調。

「伊芙果然繼承了那份正義感！」克里斯汀娜拍一拍克雷孟特的頭。「你要跟伊芙多上幾節課，好好學習學習啊！」

張誌炫

我將鑰匙插入金色的鑰匙孔，扭動了兩下，肩膀靠在桃木製大門上，用力推開它。

克雷孟特已經坐在地毯上，用熱切的眼神凝視著我，尾巴隨著我的出現猛烈地搖晃。牠最終禁不住張開大口，吠叫了一聲，然後舉抬起前腳，撲在我的大腿上。

我雖然對牠不太感興趣，也沒有打算對牠投入過多的感情，只是按照習慣輕拍牠的肩背，輕撫了牠的肚皮幾下。「好了，夠了。不要過度興奮，現在已經夜深了。」

我的妻子從廚房走出來，泡好了茶，一手放下白色的瓷杯，一手放下陶瓷製的茶壺。「派對好玩嗎？」

「只是應酬罷了，不需要太過認真。」我想了一想，發現克雷孟特比平日活躍。「那頭傻狗怎樣了？」

「你也覺得牠處於亢奮狀態嗎？」她邊倒出濃烈的茶，邊呢喃道。

「牠從來不會熱情地猛撲向我。至少牠不會以這種方式來歡迎我。」我邊脫下外套，邊走到沙發前。

「我讓牠自己在空地上跑個夠，跟伊芙四處巡邏。」

我瞪大雙眼盯住她，卻頓時感到自己沒有必要為此而緊張，整個軀體癱在沙發上。「葉文炘，你的膽子真大。」

「伊芙會照顧牠。」她把一隻霧出蒸氣的茶杯放在透明玻璃茶几上，然後緩緩地坐在沙發邊緣。

「怎能夠將牠的性命託付給另一頭犬隻上咧？」

「麗莎認為沒有大問題。」文炘向後靠，肩膀壓在沙發背上，雙腳盤在臀部下。

「林敏婷只不過是一位普通員工，既不是獸醫，也不是行為學家。若然發生了什麼意外，她也無需負上任何責任。至於你呢？就要承受哀痛的滋味了。」我把頭轉向她，凝視著沒有化妝的臉龐。

「真奇怪喔！你竟然會在意克雷孟特的安危。」她詫異道，並伸手按住我的額前。「是酒精發揮了治療的效用嗎？」

「你認為我樂於瞧見你悲傷的神情及痛苦的感覺嗎？」我把她的手輕輕握住，然後放在唇上吻了一下。「我愛你，葉文炘。當然也會分一點情感給你所愛的東西。」

她整個人酥軟下來，上半身倚靠在我的胸膛。我把下巴頂在她的腦門上，沐浴乳混合身體的自然體氣，令我精神一振。

「伊芙的朋友陪同克雷孟特在梧桐村附近遊逛。」

「哦！」我瞪大雙眼，盯住四處奔跑的克雷孟特。「你的意思是，你沒有伴在牠的身旁，讓牠離開你的視線範圍？」

「對喔，有什麼值得驚訝唷！」文炘微微抬起頭，眼珠斜睨了我一眼。「動物對於大自然的變化反應敏銳，尤其是時間的觀念。牠們在日落之前就返回我們身邊了。」

「我想牠們只是根據規律性而作出反應。」我的眼睛向下一瞄，察覺她身穿一件黑色絲質透視裙。

「無論如何，我不會讓克雷孟特在這一區附近自由活動。就算伊芙有多大的膽量，我也不會冒險。」文炘邊說邊移動軀體，整個人投進我的懷裡。「怎麼這個區域的治安如此差劣呢？」

「我的女皇大人，他們是保障人類的安全，不是狗兒。這座公寓准許飼養寵物已經算是十分寬容了。」我突然伸出手指向笨狗吆喝一聲「唏！」

克雷孟特嚇了一跳，全身僵硬，動作停止，仰頭凝視著我。

「趴下！」我命令道。「你就是吠一聲也會被人拋出街外。」

「不要這樣子！把牠嚇壞了，你自己替牠清理便溺喲！」她輕拍了我的胸口一下。「如果這裡不准狗隻進出，我絕不會到這種刻意營造高尚格調的地方居住。我討厭那些暴發戶的嘴臉。」

「我就是替這群富商工作的了。」

「我真的不明白——」

「我已經說過多少遍呢？」我打斷她的話語。「職業與專業資格！有時候，我是身不由己的。」

文炘噘著嘴，眼皮垂下，雙掌玩弄著指尖，沉默不言。

我嘆了一口大氣，雙臂緊緊摟抱著她，下巴放在她的肩背上。「我已經對律師的誓言感到有點模糊，甚至記不起義憤填膺的氣度。究竟，我是為了什麼而選擇這種職業呢？」

「假若，抓住了那個兇徒……」文炘煞有介事地道：「他找你這位大律師做辯護，你會替他打這場官司嗎，誌誌？」

「對不起，假設性的問題我不會回應的。」我的視線正窺探著透視裝下的誘人裸體及乳溝。

她猛然昂首，緊盯著我的雙眼，然後舉起右手，頂住我的下巴，把我整個頭顱抬起。「根據家居條約第二條第三章，迴避我的提問，就絕對不提供任何服務。」

「這個嘛……我可沒有要求你穿這套誘人的薄衣服給我優待。」我的雙手不太願意離開她那柔滑的肌膚。

她繼續抵著我的下巴，故意鎖緊眉頭。「另一條問題：若然麗莎向你請求，協助警方檢控這名殺人犯，你願意擔任檢察官嗎？」

我沉思了一會，將視線移開，望著天花板。「只要她付給我費用……」

「你妄想她會賣掉所有資產去應付這場官司唷！況且，我會賣掉你那套昂貴的音響組合及房車作為麗莎的緊急援助基金。」

「好了，好了。我也不忍心要她為了討回公道而失去一切。我也十分喜歡雪麗，也希望她們拋下悲傷的回憶，重建新生活。不過，我的佣金……」

「不准超過百分之一！」她伸直手臂，把我的頭抬得更高。

「那一次，我幫她處理遺產，也只是收取一兩包狗糧的價錢罷了。」

「那是在我的要求之下！在我的威脅之下，你才舉手投降，俯首順從！」

「可以放下來了嗎，女皇大人？」

「你還沒有許下承諾！」她執意道。

「沒問題，沒問題。我什麼也應承妳了。」我毫不思索就給了一個她必定感到滿意的答案。我不需要考慮任何狀況，因為我清楚知道，警方會安排一名檢察長官來懲治那名犯人的罪行，不必勞煩我的協助或提案。

文炘終於放棄任何攻擊，雙手垂下，整個人再次墮入我的懷裡。我的雙臂摟緊她，頭顱貼在她的頸項，輕吻了一下。

「你的臉龐有點發燙了。」文炘輕閉雙眼，嘴角翹起。

「不單是臉龐，全身也在劇烈沸騰中。」我只顧著纏繞她的脖子，說話模糊不清。

「你體內的酒精開始產生副作用了。需要飲杯冰水冷靜一下嗎？」她不由自主地哼出微弱的呻吟聲。

「你可以幫個忙。」

「你被某位性感的模特兒挑起了慾火嗎？」

我頓時止住了嘴唇的蠕動，心感歉疚。是派對中某位花花公子給她情報嗎？從我的衣服上嗅出某品牌香水的味道？還是女人最利害的武器——直覺？

她睜開眼，瞄一瞄我臉上的神情。「怎麼樣？我猜中了嗎？」

「我確實需要那些城中富豪成為我的客戶。然而，我從不冀望與他們扯上千絲萬縷的關係，我只遵照自己的操守，毫不吝嗇一點腦力去為他們解決糾紛。至於那些名媛淑女，她們會認為我這位低下階層的卑微傀儡沒有任何利用價值，就是連半點愛心也不打算送給我。」

「你所擁有最大的資產和財富，就是你的智慧。」

「不，不對。最幸福的、最光榮的、最值得驕傲的、最惹人羨慕的……是你，葉文炘，我最聰穎的妻子，我最愛的人。」我用食指沿在她的薄唇上劃過。

「我屬於哪一個階級呢？」

「我希望你永遠是我的灰姑娘。」

「我希望你是一隻青蛙。」她咧嘴而笑。

「青蛙王子？」我扯高嗓音道。

文炘點了一下頭。「一隻無法破解魔咒的青蛙王子。」

我一手繞過她的腰背把她挽起，扔在沙發上，雙腳跨在她的腰間，雙臂垂直，手掌壓在她的肩臂上。

「你知道青蛙是怎樣捕獵食物的嗎？」

「我想不會是用趾蹼吧！」她瞇起雙眼，意態撩人。

「舌頭。」我簡說道。

「你的舌頭能捲動嗎？」她假裝出詫異的表情。

「試試看吧！」我壓低頭顱，保持強勢的姿態，將雙唇貼緊她那濕潤的嘴。

身旁忽然傳出一聲尾音拉高的哀鳴。

我猛然轉頭，瞥見克雷孟特四肢攤開，肚皮貼緊地板，圓渾的頭顱對著我們，雙眼流露出悲慘的神情。「你今日已經滿足夠了。該輪到我，笨狗。」

「你有資詢我的意願嗎，醉酒佬？」

我鬆開雙掌，一手放在沙發背上，一手撫亂她那鬈曲的黑髮。「你是以律師的口吻質問我嗎？」

她沒有回答，雙臂舉起，繞過我的頸背交疊起來，抬高頭顱，伸出脖子。我緩緩把上半身降下，迎合她的動作。

當四片薄唇準備相互交接之際，一聲哀鳴響起來。我們同時間把頭轉向克雷孟特，只見牠的頭埋在前腳之間，貼在地上，雙眼視線落在地毯。

「我的小寶貝啊！」文炘柔聲地道。「接下來是成年人的活動，你就乖乖的睡覺，明天媽咪給你親吻一百遍，好嗎？」

說罷，我們的身體開始接觸，雙眼半闔上，臉龐緊緊地貼在一起……

我裸著軀體從床沿滑下來。

文炘蓋上一張厚厚的藍色毛毯，裸露出白皙的肩膀及雙臂，一臉愉快滿足的笑容，甘甜地熟睡著。

我悄悄地扭動門把，只開啟出一道縫隙讓自己閃出去，走進大廳，瞧見克雷孟特躺在屬於自己那張軟床上熟睡。

我有時會想像牠除了擁有狗的性情外，也俱備人類的特徵。牠現在的睡姿，是從牠的女主人身上學懂的嗎？四腳朝天，前腳膝部微微彎曲，讓肚皮受著涼風吹拂，肥厚的頸背托在床邊，後腦朝下，張開大口。

我放輕腳步走近一看，側耳傾聽牠的呼吸，竟然響起微弱的鼻鼾聲。似乎，牠要進行減肥計劃了。

大廳的四周一片漆黑寂靜。

我移至沙發前，屈曲雙膝，緩緩地卸下臀部的重量，減少肌肉皮膚與皮革磨擦及擠壓出的嘎吱聲。背脊靠下，赤腳感受冰涼的地板。

從忙碌的早上直至熱鬧的派對，然後與愛妻的親熱……就是連停一停下來給自己喘息的機會也沒有。這一刻的安慰感，就像返回大學時期，獨自一人在白光燈的照射下，伴著蟋蟀的叫聲，完成一本又一本厚重的課本，撰寫完一篇又一篇的論文，思考了一道又一道的哲理問題。

這一刻，我希望能夠抽一支菸，深深地吸一口，然後用盡氣力從肺臟吐出鬱結；再吮一口，釋出聚積了的壓力；最後雙唇咬緊菸蒂，啜下去，讓紅紅的火光燒盡，將整天的悶氣煙滅。

抽菸的習慣，我早已經戒掉。不過，有時總會從其他人的手中接過一兩支。可惜，在眾目睽睽下，無法讓我自由舒暢地使用這種令人詫異的方法來達到目的，只能一小口一小口地吞吐著。

青蛙王子……

文炘為何會想到這個童話故事裡的角色呢？她認為我是一位外表醜陋，內心漂亮純潔的人嗎？她不希望我能夠回復俊朗的外表，是害怕我會變心，把她撇掉，另覓新歡嗎？還是她認為我永遠也得徘徊於這個醜惡的世界裡，跳脫不出這個悲慘的境地？

我知道這個格林童話故事有兩個版本。

當青蛙跟隨小公主回到皇宮，國王命令小公主履行對青蛙的承諾。小公主勉為其難地與骯髒的青蛙同飲一杯，同食一盤。當青蛙打算與小公主同床共枕時，小公主非常生氣，惱羞成怒，用力將青蛙扔到牆壁上。青蛙重重的摔在地上，頓時間，青蛙變成了一位英俊的王子。眼前一亮的情境，令小公主深深著迷，雙眼漸漸展現出溫柔的目光投到王子身上。

每一個故事裡，總會同時存在光明的一面及陰暗的一面。

另一個版本，就是世人所共知的善良小公主親吻了青蛙，破解詛咒，變成王子，從此幸福地生活。

我為小公主對於眼前的景像處變不驚、冷靜應對的能力感到驚訝和羨慕。

每個人也喜歡漂亮的事物，然而當要面對厭惡的東西時，就會不由自主地流露出猙獰的臉貌。這是其中一個故事想表達出現實的殘酷。另一個版本的出現，美化了現實的小公主，將她演釋得豁達開朗，洋溢著無比的善心及關愛，給所有兒童憧憬著一個美好世界展現於眼前。

我以為在黑暗的洞窟內，總會搜尋出一線曙光。可惜，在我尚未發掘到半點線索，身體已經隨著環境起了變異。

達爾文的進化論。

物競天擇，適者生存。

青蛙始終只是一隻青蛙。要變成王子，就得脫掉偽裝的衣服。諷刺的是，你必須掩飾自己的身份，才能清楚地瞧見一切。因為人類改不掉以相貌讀人，以外觀去衡量一個人的價值。若要讓身邊的人接受自己的缺點，唯一的辦法就是要好好地把它匿藏起來。

喜愛閱讀童話故事書的人，都會冀望內容及結局帶出一些正面的寓意。然而，格林兄弟所編寫的故事題材，並不是以小孩為市場目標。它們只是從後世代的人口耳相傳，將一段段淒美、殘酷、現實的歷險故事變成一個一個家喻戶曉的兒童讀物。

青蛙希望以真誠感動小公主，卻換來欺詐、侮辱、蔑視、唾棄。而唯一能夠令小公主回心轉意的，就是令自己變成俊俏英偉的王子。他們最終成為婚禮上惹人艷羨的一對佳偶。可惜，在場的嘉賓、貴客、皇室成員、平民百姓也沒頭沒腦地被眼前的假象欺騙了。他們既不知道王子曾經承受過什麼樣的痛苦經歷；他們且不了解小公主的真本性及貪慕虛榮的性格。

我不時冥想，嘗試推敲出文炘的真性情。

究竟，她了解我的內心世界嗎？她對我有什麼的期望呢？我能夠打動她，是因為我的外表？還是我的內在美呢？

我不記得有否跟她詳細傾談過有關工作及客戶的細節；我亦不清楚她有否調查過我的紀錄及向我的朋友同事了解我的背景；我不知道她會否從報章雜誌及新聞報導發現我為某位名人富商處理一些無

聊瑣碎的糾紛案，為某些犯下重罪的疑犯辯護。

文炘是一位懂得體恤別人、安守本份、溫柔賢淑的妻子。她是新時代的女性，擁有自己的事業財富，不需要依賴我這個丈夫也能夠生活下去。

青蛙王子……

當她說出這個詞語之際，我的太陽穴位開始隱隱作痛。

難道她早已知道那一件套在我身上的偽裝服？她就像小公主一樣，不斷忍受著我的諸多要求？終有一天，她會揭露真相，識破我的真面目嗎？

我知道自己想得太多了。一直以來，文炘對我全心全意。我猛烈的搖搖頭，雙手掩臉。

不過，我會有醒覺的一天嗎？

我應該為自己好好地……至少坦誠地活一天……

可以嗎……

第三章　嗥叫

伊芙

我最喜愛與肯恩交換情報。他不但善於分析資料，而且勇敢果斷。若然我有幸地能夠跟他一起生活下去，至死不渝。

肯恩是一隻退役警犬，擔任了數年的維持治安工作，追捕過無數的罪犯，搜獲數十噸以上的毒品。他參與過不少轟動社會的案件，協助警務人員搗破了幾個犯罪集團。

現在負責照顧肯恩的，並不是他的主人。當然，對於一般人而言，這種想法是錯誤的，然而，對於狗兒來說，一生之中只有一位主人。不幸地，他的主人就像正毅一樣，已經離去了。

他說他的主人十分聰明能幹，英姿凜凜，時常跟他在大街上巡邏。他就像正毅一樣，喜歡跟肯恩細訴大小案件的經過、疑點、犯人特徵、論證等等。他的推理智慧也就一點點增進，直至那一天，事情發生了。他失去了所有意志，無法再站起來跟其他人合作，決定在盛壯之年退下來，情願成為一隻卑微的小狗，受人保護。

我十分敬重肯恩，因為他曾經是我所仰慕的警犬。他知道我對警犬宿舍的生活充滿憧憬，亦知道我已經無法達成願望。不過，他不時鼓勵我，要擔當正義的使者，並不需要成為什麼特別要員或擔當什麼重要的職務，就算是一般平民百姓，也能夠儆惡懲奸。

肯恩說過一件他曾參與過的案子。

被緝捕的人是一名性暴力案疑犯。他已經強姦了十數名女子，而且連小女孩也不放過，數名遇害者更被姦殺。警方佈下天羅地網，出動十數隻警犬，做出重重包圍。領犬員放出警犬中的老大作為先鋒部隊，闖進一間大屋內搜索。

肯恩的老大是跟他同一品種的牧羊犬，體形比他更魁梧，肌肉更堅實，被他咬一口，就會進入瀕死狀態。老大是眾警犬的典範，充滿魅力，擁有無限的體力，領導力出眾，所有犬隻也甘於臣服跪拜，而且大公無私，處事謹慎細密。

不過，在這次案件中，他違反了既定的守則。在警務條例中，警犬允許在犯人反抗之下，對他採取不致於死亡及嚴重創傷的攻擊。肯恩的老大不但把他狠狠地教訓了一頓，更向這名強姦犯施加極道的懲罰。最終，他當然受到了處分，不論他做得對或錯。他被關押在獨立狗舍內，與其他狗及人類隔絕，不許自由出入。

我聽完了整個故事，為之心悸，也為肯恩的老大感到驕傲。

法律就是無法施以酷刑來制裁這些惡棍。他們會藉以法律來保障自身安全，確保軀體無損。縱使他們失去了自由，被禁錮在牢獄，不過他們仍然有機會重見天日。

所有法官、律師認為那些刑罰已經算是嚴厲的重判。我不應同，肯恩不應同，就連肯恩的老大也不應同。

想一想那些被侵犯的少女，伴隨著她們的是惡夢及傷痛。要得到解脫，走完這一段修羅之路，就只有選擇了結自己的生命。再想一想那名失去自由的惡棍，仍然能夠在牢獄內，獨自躲在廁所或埋首在毛毯裡，就算沒有伴侶，也能樂在其中。若然他能夠獲釋，回到社會中，他真的會為自己的暴行懺悔嗎？還是繼續找尋下一位，甚至下幾位的受害者呢？

肯恩的老大狠狠地給了他一個教訓。我相信，他的餘生也無法再抬起頭來對任何人造成騷擾。可能，他的荷爾蒙也因此而得以調整，變得有點柔情，除去一點暴戾。我認為最值得高興的是所有少女及她們的父母們，雖然社會上仍然存有不少威脅，至少減少了一點危機。

法律無情，人間有愛。

肯恩的老大不但沒有受到責備，沒有被孤立，反而探望他的同胞絡繹不絕，各部門、各階層的警員更帶來不少零食，給予他一點鼓勵，一點支持。

我決定以肯恩的老大為榜樣。當公義無法以正途伸張，另類的方法就必須抬出來。若然，你認為我是在鼓吹濫用私刑，那麼，我就認為懂得法律條例的人，故意利用它來中飽私囊。

哪一個比較可惡呢？

肯恩的老大？還是那名宰殺了無數少女心靈的犯人呢？

我告訴肯恩有關狗隻被擄拐的事情。他不感到驚訝詫異，甚至認為所謂的擄拐行為，相信有部分是誣衊的。這些個案可能是一些不負責任的主人拋棄了自己的寵物，卻不希望背上任何罪名而向警方撒謊。牠們會被放到荒山野嶺，讓牠們與其他流浪狗為伍，或者把牠殺掉，以免後患無窮。

我知道那些人為了什麼而領取新生的小狗，或願意付出大堆紙鈔把剛剛離開母體的小嬰兒帶回家。他們只是出於好奇心，或者在失意落寞時想找個伴侶，甚至只是為了討好別人。那些短暫性的心態比龍捲風消退的速度還要快上好幾倍。當一切歸於原狀時，所有的生物也要接受殘酷的現實；當一切事情掌握在手中，所有的生物就再沒有利用價值。誰會理會牠們的飽餓；誰會理會牠們的心情；誰會理會牠們的死活；誰會理會牠們的年齡；誰會理會牠們的求生技能……

有時在新聞報導裡，我瞧見那些被人遺棄的嬰兒，掉落在廁所內或垃圾堆中。我真的不明白人類的心態。既然沒有打算好好養育成材，就不要懷在肚裡數個月，亦不用受到催生之苦。誕下來的，就應該盡力，為自己，為小孩的未來而努力，愛護他，包容他。

肯恩參與過數宗悲慘的案件。其中一件令人感到悲憤的，是一名少女訛稱自己的嬰兒失蹤，向警方報案。偵測員向該少女索取嬰兒的隨身物件，把這項任務交給肯恩處理。

少女自以為聰明，認為連人類都無辦法搜尋到自己的女兒，其他低等動物又怎會有什麼更好的方法去處理呢？警員不是外強中乾的，他們的確無法憑自己的雙手去尋遍每一個角落，卻懂得派遣嗅覺敏銳的警犬來執行。少女更低估了我們狗兒的技能，甚至不清楚我們狗兒的特性。

肯恩最終不負所託。可惜，他的眼前只有一個動也不動的物體，身上滿佈塵埃垃圾，皮膚更開始腐爛變色。那名少女最終被繩之於法，判入牢獄。

每一次憶起各式各樣的悲慘案件，他都感到無比憤怒、無比哀痛。他希望把那名少女的性器官咬至稀爛；他希望把虐待狂的手咬斷掉。

肯恩解釋這些人的行為是一種病毒所引致的。就例如二十年前，在港島半山區的連環毒殺狗隻的案件，患病的兇徒帶著細菌不斷擴散。它可以輕易地透過報章、媒體、電視影響了一些腦袋有點變壞的人，蔓延至其他地域，然後經過了無數的抵抗，傳染力漸漸減退，甚至完全消失。每一次疫情的爆發時間十分短促，卻能夠在一瞬間，在某個地方閃現出一種新的病毒，感染了某個人的腦袋，再次擴散開來。誰也無法預料、估計及阻止它，直到一個致命的轉捩點降臨。

我比往日更加留意新聞報導，更加仔細地嗅聞每棵樹幹上沾滿的各種氣味。我感到有點忐忑不安，因為四周的氣味不停遽變，在某處地方匿蹤了，卻突然在某個街角附近乍現。

敏婷沒有表現出憂慮不安。我依舊能夠單獨外出，繼續執行巡邏任務。

村內不時有陌生人前來探訪，亦有不同種類的租客入住及遷出。只要細心觀察，就會發現某一戶的玩具貴賓狗的氣味漸漸稀薄，某一家的潘布普克科基犬的足跡亦被其他狗隻的腳印完全覆蓋了。沒有人察覺異樣，以為這是一般平常的迷途失蹤事件，只要貼一貼告示，或等待三四天的時間，牠們就會飢渴難耐，乖乖回到主人身邊。

肯恩也察覺到村落附近隱約散發出危險的味道。我們相討如何找尋蛛絲馬跡，將沒有太大關繫的事件也研究一番，並通知其他狗隻小心，特別避免接觸可疑人物。

我們的首要任務就是要縮小搜索目標的範圍，區分出受害者與掠食者。

要從茫茫人海中搜查出腦病變的人，十分困難；要從他們的肢體動作中分析出一點點偽裝及不自然的表情舉止，也不太容易。只要這些人刻意收起手中的利劍，強忍奸詐的微笑，用厚厚的布料把軀體包裹住，就能夠把大部分發自內心的情緒掩蓋住。我認為這一連串的事件跟過往的毒殺狗隻的個案迥然不同。犯人的目的似乎不是單單為了殺殺動物以換取快慰。既沒有特定的目標，且沒有精心部署計劃出任何逃走路線及犯罪路線圖。若然，今次只是擄拐事件，反而會比較容易摸出一點頭緒。至少，犯案手法會貫徹始終，而且疑兇的背景也會比較特殊，例如討厭小動物、家中沒有飼養任何寵物等等。

不過，肯恩不太認同我的想法。依據過往的辦案經驗，兇徒會刻意偽裝起來，表現出極度喜愛狗兒的態度，在公園或聚會處內與一眾寵物玩樂，跟牠們混熟，避免狗主引起懷疑，甚至家裡飼養一隻混種雜犬，擾亂警方的視線。

至於為什麼挑選混種雜犬呢？

肯恩解釋，因為牠們普遍沒有注入晶片，也沒有註冊登記。假若牠們發生了狀況，警方亦無法查出半點資料，且可以逃避法律的追究。混種雜犬的地位比純種狗更卑賤，更不獲得信任。只要那名犯人保持衣著光鮮、彬彬有禮、言談大方，就能夠騙到眾人的目光了。誰會在意一隻醜陋的野狗的一言一行呢！

基斯在關鍵時刻終於開口了。他是標準的邊境牧羊犬，擁有優美的體態線條、亮澤的毛髮、晶瑩剔透的眼眸。邊境牧羊犬在狗界被稱俗為擁有最高智慧的品種，頭腦靈活，喜愛沉默靜思。若然要選出「三傻」中的領導者，非他莫屬了。

眾人皆醉，我獨醒。

人類懂得隱藏自己的真本性。他們擁有獨特的語法來測試謊言詭計；他們亦製作了一套分析系統去辨別真偽；他們更可利用高端科技的協助，分析體內的脈搏、血壓、各類腺素的異樣。

基斯認為我們將所有事情搞亂了，變得太過複雜。我們狗兒無法借助及操控現今的技術，卻擁有最原始的武器。唯獨這種專長，任憑人類的智慧及努力，也是沒法辨到的。要相信自己的感覺，要相信自己不會被虛假的外表及愚笨的行為所矇騙。

就從氣味去辨別正義與邪惡吧！

無論在黑暗之下或光明之上，就用我們的鼻子來尋回失去的真理吧！

張誌炫

整整兩個星期，我埋首於艾勒那宗毫無意義的案件。

我按動手中的搖控器，掛在牆上的闊螢幕電視畫面轉到財經新聞報導。

股市又向下沉了。如果我擁有相當的財力，就能夠成為另一位巴菲特。可惜，我的投資額只足夠購買一部二手轎車，否則，我就能跳脫出這個虛偽的社會，不用依賴那群不善生產的富家子弟維持生活了。人類就是離不開群體生活，往往受到無形的壓力而舉手稱降，放棄自己一直遵從的理念，害怕在人群中獨自一人行走，害怕別人以迴避的目光對待。

我十分仰慕貓兒的那份高傲的性情。身旁所發生的一切事情，就好像跟自己完成沒有關聯，繼續悠閒的走路，甚至不屑於瞄一眼周圍的環境。

「你會接受他們的和解條件嗎？」一名身穿整齊黑色服裝的少女把一份文件遞到我的端前。

「他就是不想給她一分一毫，才叫我這個奴才替他擺平事件。你認為我要怎麼辦呢，娜塔莎？」

我揚一揚手，示意她走開一點，不要把電視畫面遮擋住。

「賣掉所有股票。」她移後一步，拉開椅子坐下來。

「你認為你自己在商品拍賣中會得到什麼的價錢呢？」

「請把我的狗狗一併出售。我不能沒有牠。」

「喔，妳那隻是什麼狗唷？」我問道。

她翻一翻白眼。「迷你雪納瑞。跟你說過數十遍了。」

「叫什麼……」我裝作認真思考。

「奧狄斯。」她再翻一翻白眼。

「我會記住的。」

「這個我也聽你說過數十遍了。」

「我真的不明白你們會這般迷戀——」

「是愛心。」她插口道。「就是你所缺乏的。」

「很抱歉，我會檢討一下。」我譏諷道。

「當你告訴我，你家附近出現了狀況，我就打算把牠帶返事務所，實行貼身保護。」

「感謝主！這座建築物的管理員會禁止你內進，否則，這裡會變成遊樂場。」她嘶著嘴。「牠既乖巧，且唯命是從。」

「不過，事務所的小妹妹不會受到你的影響或遵從你的指示。」

「好了，好了。既然你討厭狗狗，就停止這個話題，轉回對你恩重如山的花花公子的案子吧！」

「我說不會接受和解，你沒有聽清楚嗎？」我加重語調道。

「我知道。那麼，你叫他提出和解條件吧。這樣子可以免除上訴的機會。」

「就這樣決定吧！你好好跟艾勒談一談細節，然後給我匯報一下。」

「我?!」娜塔莎瞪目咋舌道。

「對。因為他喜歡像妳這樣態度輕佻的年輕少女。」我攤一攤開手，然後劃出一副曲線玲瓏的體形。

她的臉容頓變繃緊，雙眼瞇成一條線盯著我，咕噥道。「我可以控告你與那位花花公子對我性騷擾嗎？」

伊芙

敏婷穿上運動套裝，右手索緊拉繩。我伴隨在她的身旁，四處看看，四處嗅嗅。

這個村落的環境十分適合我們居住。水泥鋼筋建築物只有兩三層高，周圍被粗大的樹幹及密密麻麻的葉子纏繞。

我比克雷孟特幸運。他住在那些像屏風般一排一排整齊地聳入雲霄的高樓，就連航空駕駛員一不留神，也會碰撞上，弄致機毀人亡。眼前一片的金屬、木材、水泥、塑膠、瓷磚，轉過頭，抖抖手，伸一伸腳，走到露台，以為可以減輕一下頭昏腦脹的迷糊狀況，卻遇著另一塊巨型磚石，壓得氣也透不過來。

這些豪華大屋內的闊太貴婦，經常在身上塗上一層氣味濃郁的液體。身旁的男仕會稱讚她們性感誘人，不過，克雷孟特認為這些液體令他嘔吐大作，而且那些氣味掩蓋了其他犬隻留下來的費洛蒙，令他無法好好接收及處理他們刻意記錄下來的資訊。

我們狗兒除了依靠聲音的傳播互相溝通，更會透過氣味來通訊。

我喜歡邊散步，邊嗅嗅樹下的味道。根據殘留在泥土上、根莖及樹幹上的氣味，就可以知道朋友們的去向及身體狀況。當然，我也會撒下尿，作為到此一遊的標記。有時候，一些不明來歷的狗兒會嘗試表現出自己的存在，宣揚自己的功績，把後腿抬得高高的，在樹幹上更有利的位置留下自己的味道，令其他比較小型的犬隻以為有新的霸權者入侵，讓他們產生敬畏之心。他們居心叵測，我們這些大型犬會作為監察者，清除所有外來者的騷擾。我們團結一致，就是強悍如鬥牛獒犬，也無法撕破防線。我們並不是要排除來訪者，故步自封，只是希望他們懂得尊重我們，以禮貌的方式來表達善意。

敏婷攜帶我一併散步，是打算做做運動，緩步慢跑，出一身汗，減減肚皮上的脂肪。她責怪我總是盤旋於每棵樹蔭下，嗅嗅聞聞，走了兩三步，又得停下腳步，等待我忙碌一番才繼續前行。的確，每次出外散步，我是打算跑跑跳跳，消耗體力，最終卻敵不過各種氣味的引誘，不由自主地搜索一番。

我與敏婷走到肯恩的地盤，瞧見他被困綁在前院內。我走到鐵閘欄前，跟他打個招呼。

他跟我說他的家中空無一人，又沒有任何狗兒在附近經過。悶得發瘋時，他只能咆吼幾下，跟在遠處傳來的吠叫聲做個回應或搭搭訕，說說無聊的事情，問一問家中的情況。

我與肯恩相互壓低聲音耳語，確保沒有任何人及犬隻聽見我們的對話，悄悄地將昨天的秘密行動告訴了肯恩。我也很想給基斯知道，希望他給我一些評語。

肯恩說基斯沒有走過來探望他。

我想一想今天是什麼日子，突然恍然大悟。大賽的決勝日逼近，他的主人必定大為緊張，強迫基斯加倍練習，以最高的狀態迎戰。

我從不反對比賽競爭，因為它是一種鍛鍊。我們「三傻」時常舉行不同形式的比賽，爬行只是其中一種的項目。我們為了勝利，會不斷磨練，增強體格筋肉的力量，依據比賽的內容，特別鍛鍊某些部位的伸縮性及耐力。例如搜尋比賽項目必需要提升嗅覺敏銳力，不論遠至一公里外的花粉沫，近至匿藏於體內的細菌微生物，也能夠觸動腦內神經的脈動。而且，也要不斷地嗅聞各種物品的獨特氣味，認識它們的成份，增進知識，廣闊眼界；捉球項目必需增強四肢筋肉的瞬間爆發力、腳趾抓地力及急速拐彎的軀體扭動性。無論任何一項活動，當遇上難纏的對手時，要有無窮的氣力及忍耐力，預備上演一場持久戰的精神。

人類的活動比賽項目比我們狗兒多好幾倍，五花八門，多采多姿。不過，那些選美的比賽，我就完全搞不懂，就連我們狗界也被它完完全全地入侵了。

基斯從沒有向我們投訴過他的主人強迫他參與這種無聊的比賽。既要保持毛髮色澤亮麗，長度適中，且要保持身體在指定重量，頸圍、腰圍、臀圍在一定的參數範圍才算是合乎標準。各種動態舉止優美，儀容潔淨。站立時，要突顯各部分筋肉的線條；走路時，要昂首挺胸闊步，尾巴搖擺節奏均衡。

我的天呀！活在世上已經十分艱難了，還要依從這些荒謬的規則嘛！

我曾多次說服基斯逃到我的家。敏婷一定十分歡迎他，亦不會有什麼節制規限給他。要什麼樣的食物也可以；要怎麼樣娛人娛己也可以；要躲懶在某個角落睡覺也可以。你可以說基斯是一頭忠誠的狗，亦可以說他是一隻大笨狗。他就是不願意離開他的主人，就算鞭打他、捨棄他、傷害他，甚至殺死他……

一日為母，終生為主。

我們一旦找到了一個能夠替代母親的物體，就會決定遵從一生。要覓尋到一位值得敬重的人，真的十分困難，部分原因是狗兒處於被動狀態。我們一群幼犬堆在一起，然後被不同的人右測左試。幸運的，就會被抱回家，落選的，就唯有冀望機會再臨。

之後，會受到怎樣的對待？天曉得了！

我們希望終生負托給一位主人；希望他會是唯一的主人；也希望自己能夠成為主人的唯一。我知道這種想法是十分不公平的，因為我們這些狗兒只有十二至十五年的壽命。難道要長壽的主人為我們守寡終老嗎？這似乎不太可能，甚至有點無理。

原本，我以為終其一生依偎在正毅的臂彎內直至老去；我以為我會守在正毅的墓穴前鬱鬱而終。然而，當我瞧見敏婷的落寞神情，就會不忍心掉下她不顧。我耗上了一段時間平撫了她的悲傷，重拾心情與雪麗像以往一樣開開心心地渡過每一天。我以為自己可以離開她們，遵守承諾，回到正毅身邊。但是我已經發覺，敏婷成為了我最重要的人了。

究竟是我不希望敏婷再一次承受失去親人的痛楚，還是我自己害怕再一次體會到失去主人的滋味呢？

我搞不懂。我只知道，不能夠隨便捨棄。

……無論親人、玩具、寵物、一花一草……

張誌炫

我凝視著閃爍不定的螢幕，為居住在這條由二十六個村落組成的龐大鄉間的民眾感到有點憂心。頸上的獠牙印……身上的多處抓痕……

這名叫秦銘的人真倒霉，竟然被一頭叢林裡的野獸咬死了。

梧桐寨瀑布可算是熱門登山地點，應該有其他旅客在附近出沒。假若是受到猛獸攻擊，應該身首異處，或者肢體殘破不堪。至少，肚皮會被擋開，甚至只剩下部分的內臟。

這根本就不是被動物襲擊。

根本就是吸血鬼所為，或是卓柏卡布拉從墨西哥遷徙至香港的證據。

世上只有這種傳說生物才不會啄食死者的屍體。

我腦海裡的資料不停轉動，像閃電般擦出了一點點花火，猛然轉頭望向依偎在我臂胳上的妻子。

「麗莎住在梧桐寨村，不是嗎？」

「對呀！那又怎麼呢？」她沒有表露出詫異的神情，嘴唇只是微微張合著。

「妳不擔心她的安危嗎？一隻不知從何而來的怪獸正在威脅村民的性命唷！看妳那副事不關己的臉容，就知道妳與麗莎之間的友誼，就只有一張紙的厚度，而且只是一張薄得可憐的縐紙。」

文炘整個人從沙發上彈起身。「麗莎豈會要我操心呢！伊芙會保護她，誰敢走近身旁威嚇她，那個人就真的不知好歹了。」

「唏！不過是一隻狗，再不過是一隻體形龐大的品種。能將牠跟人類相媲嗎？而且，那頭怪物……」我指一指向畫面中的案發現場。「是惡魔，是妖怪。」

文炘眯起雙眼，緊盯著我，然後雙臂交疊胸前。「你懂得關心別人……真是天降奇蹟了……」

「我從懂事的童年已經存在著這份情感了。」我駁斥道。「一直在我腦袋內的杏仁核，從來未離開過我的軀體半步。」

「噢！是嗎？」她把手肘擱在扶手上，然後用手掌托起臉腮，一副輕佻的神情，帶點嘲諷的嗓音道。

「妳又開始胡思亂想了。」

「對啊！因為現在已經很晚了，希望不會夢見什麼詭異或香艷的場景。」

「我觸動了妳哪一條神經嗎？你似乎反應過敏了。」

「我沒有激動。你什麼也沒有做過。」她的雙眼雖然凝視著螢幕，眼神卻帶點空洞。

「對，我就是什麼也沒有做過。」我重複道。

我知道她的反應是肇因於林敏婷。

女人是一種難以理解的生物。你可以提及你最好的男性朋友，就算是知己或業務伙伴都沒關係。你可以在她面前說說那位親戚的女兒樣最出眾、善良、虛偽。不過，你就是不可以提及其它女性，特別是她所認識的同事及舊同學。最糟糕的，就是我選中了那位嬌艷動人、惹人憐愛的林敏婷女士。

我們倆人沉默，持於冷戰狀態，卻只是為了瑣碎事。屋內只有置於螢幕兩端的揚聲器傳出報導員的聲音，繼續解說著有關案中死者的資料。

「你看看那個人的光鮮衣著。」我扯開話題。「雖然沒有職業，甚至可能是待業人士。我認為他絕對不會是地痞流氓。」

「你何不打電話問一問麗莎呢？」她態度冷淡地道。

「他是村莊裡的居民嗎？」

「就是說問一問麗莎嘛。」她從沙發一躍而起，走到圓形玻璃餐桌上拿起手機，然後回到我的端前，左手扠著腰，伸出右手，把手機遞給我。「打去問一問吧！」

我搖搖頭，揮一揮手。「謝了。我的手機也有她的電話號碼。」

「嗯……」她哼了一聲，猛然轉身背向我。「你有打算瞭解一下狗兒的特性嗎？」

「什麼?!」我扯高聲調說。

文炘堅持以背脊對向我，只扭動頸脖及頭顱，雙眼睨了我一眼。「你不太瞭解麗莎與伊芙之間那種相依相靠的親密關係。你有打算學習一下嗎？」

「如何？」我敷衍她。

「今晚，你就好好與克雷孟特在沙發上聊聊天，談談情，彼此增進一下感情吧！」說罷，她頭也不回，雙腳急速地走進睡房，然後呯的一聲把門關上。

那是我意料不到的結果。

我緊盯著克雷孟特。牠趴在自己的安樂窩上觀賞著整場鬧劇，嘴角翹起，舌頭禁不住伸出嘴巴，做出了一個真切的笑容，似乎在祝賀自己的勝利而感到興奮。雖然牠的主人沒有邀請牠進入睡房內那張厚軟的床褥上同眠。至少，我被一腳蹬出來，跟地位低微的傻狗平分秋色了。

我瞥了一眼睡房的門，一動不動，沒有餘震，也沒有半點聲響從縫隙間滲出來。我壓低語調，以平日文炘與牠聊天的笨拙方式嘗試跟牠溝通一下。「笨狗，你滿意了，對嗎？」

我當然沒有得到任何回覆。牠把舌頭縮回口腔內，合攏嘴巴，然後吞了一口口水，再次展露出牠那猙獰的笑容。

電視上的畫面播放著廣告。我按下搖控器的開關鍵，把螢幕變回漆黑不透光的畫面，然後凝視著克雷孟特約隱約現的尖利牙齒，不禁回想起剛才新聞報導那宗詭異的凶殺案。「我想，你不會在我半夜熟睡中，在我的頸脖上釘下兩個大洞口吧！我好歹也算是你的主人，不要大逆不道喔！」

我沒有冀盼牠會給我一個合理的答案。牠保持住那副狡猾的臉容，我就確信牠對我仍然充滿敵意。

我瞄了一瞄電視機上的菱形時鐘。

十一時三十五分。

我站起身走到餐桌上拿起手機，按了幾下鍵鈕，接通電話。「唏，麥可。」

「唏，拜倫。你是想知道有關那起案件的細節嗎？」他似乎早已預料到我的目的了。

「對，就是梧桐寨瀑布所發生的命案。」

「不就是坊間所謠傳的吸血鬼所為嘛！」在嘈雜的背景中，他語帶嘲弄道。

「若然真的將它列為神秘檔案，你就不用在夜深時分仍然要努力工作。」

「真的有點棘手。」他嘆了一口大氣。

「發現了疑兇嗎？」

「可能……或者尚未確定。」麥可在電話中咕嚕道。「我還沒有什麼資料能夠向你透露。你打算接手這起案件嗎，拜倫？」

「不，不。我還未接到任何一方的邀請。只是有點好奇罷了。這可是一宗吸血鬼殺人案唷！」

「你需要進一步的資料嗎？」他猶疑片刻，繼續道：「我的意思是，當所有疑點獲得確認後……」

「不必了。我真的只是感到有點興趣，沒有特別原因。」我澄清自己的立場。「好了，我不打算繼續阻礙你的調查程序了。謝謝你，麥可。」

「不用客氣，拜拜……」話剛剛說完，線路立即掛斷。

我放下手機，緩緩轉個身來。

克雷孟特已經緊閉雙眼，四腳縮進肚皮底下。我放輕腳步走到牠的端前蹲下來，牠勉強地撐開左眼瞄向我。我輕撫著牠的背背。「今晚，你算是贏了。我們就這樣子和平地安渡這個寂靜的夜晚，好嗎，傻狗？」

牠噴出一口大氣，然後閉上眼瞼。

「這代表了什麼嗎？」我站起來，躺回沙發上，雙手擱在後腦杓，頭顱微微傾向牠。「我就算你是答應了……」然後，我合攏雙眼，腦海不斷浮現出梧桐寨瀑布的影像，流水激盪，綠葉搖擺，花瓣飄逸。那個地方是一處人間美景，生長在那裡的所有物種都受到曙光的照耀。

突然，我打了一個寒顫，放棄擺出一個悠閒的姿勢，將雙手緊緊交疊在胸前，抓住雞皮疙瘩的臂胳，雙膝屈曲，整個軀體縮作一團。我並不是懼怕而發抖，因為我曾經歷過更冷酷的血案，更麻木不仁的屠夫殺手，而且我更替他們脫離窘境，逃過牢獄之苦……

我真的感到有點寒意。

霎時間，我清楚知道孤獨一人的淒慘滋味。沒有一個頭枕、沒有一張毛毯。不知道應該從哪裡覓取一點溫暖，就此一個人獨自面對逆境；一個人獨自承受世人的唾罵；一個人獨自感受自己的情感。

一切一切的，就自己一個人……

刺眼的陽光滲透進屋內。

我早就應該垂下窗簾布，不過，我又想不到自己竟然會被人遺棄在沙發上……

一陣門把扭動聲，木門嘎吱嘎吱壓住鉸鏈響叫。文炘悠然地拖著腳步跨出門檻，一副精神奕奕的容貌，伸一伸懶腰，打了個呵欠，邊走到大廳，邊搔抓住頭皮。

我緩緩地睜開雙眼，避免日光擾亂我的視線。

文炘在我的端前越過，無視我的存在，準備鑽入廚房。我緊盯她的背脊，令她感到一股不善意的氛圍湧向她。

她停下腳步，猛然轉頭，終於發現了我。「不要告訴我，你整晚睡在沙發上，不是嘛？」她瞪大雙眼，嘴巴張開，一副不可思議的神情凝視著我。

「我想，我應該是。我要稱讚你的判斷力嗎？」我語帶嘲諷道。

「你整夜與克雷孟特傾談國家大事，還是你正在處理案件嗎？」

「我不會跟永遠不會給我一個回覆的生物談話。」

「你們的感情似乎增進了不少。」

「何以見得呢？」我扯高嗓音道。

她沒有說一句話，伸出食指指向我的胸膛。

我把頭抬起，吊在半空中，硬撐著頸脖，眼珠滾下，發現克雷孟特就伏在我的腋下及肋骨之間，軀體依偎著我。

我拍拍牠的頭。「牠要找個地方庇護一下。」

「牠在自找麻煩。」

「無論如何……」我玩弄著牠的耳朵。「牠給我一點溫暖。至少，我的上半臂熱得發燙。」

「你這樣子躺在大廳內睡著了，很容易著涼。」

我冷笑了一聲。「你認為我為了什麼而整夜呆在沙發上嗎？」

「我豈會猜想到你的心思呢，蠢材！」

我無奈地搖搖頭，更用力地冷笑了一聲。

人類真是一種奇怪的生物。女人更是令人摸不著頭腦。我認為她們擁有一個高效能的腦袋。當在眾人面前表演，就顯得聰穎過人；當自知有愧，就突然變得單純愚笨。

「時間不早了。去沐一個熱水浴，以免感冒。」她輕輕轉身，睡裙的下襬揚起，邊走到廚房，邊以賢良淑德的態度叮囑我。

「我不能病倒。我須處理艾勒那件……」我話未說完，已經感到鼻腔內一陣騷癢，肺內的那股氣勁湧出來，打了一個震耳的噴嚏。

克雷孟特連四腳也未站穩，瞬間從沙發一躍而下，瞪大眼睛，用一副既驚嚇且埋怨的神情盯著我，然後猛力地甩動身體，就像我吐出一盆口水，灑遍牠每一根毛髮上。

文炘同時間伸出頭來窺探我的狀況，然後皺起眉頭。「我就是說，你會惹上感冒菌嘛！你這麼大個頭了，也不懂得分寸嗎？」

我這一刻沒法想出一個更好的答案反駁她，只有極力地壓低聲線，近乎耳語。「真的要感謝您……」

我帶著疲憊的軀體上班。在辦公室內，間歇性地被擾人的鼻敏感侵襲。一張紙巾擦拭鼻孔，然後扔入廢紙箱；又一張紙巾塞入鼻孔，吸乾內裡的液體。

應該是患了感冒。

我不清楚有否罹患鼻敏感，因為我從沒有去確診治療。我知道這不過是心理作用，更嘗試欺騙自己，是那隻笨狗的短粗毛髮擾亂了我的神經。我就是要將所有責任推給牠。

我感到鼻腔裡潛藏著的狗毛又再次騷動起來。「吃——噓——」我知道這震撼的聲音已經驚動了整間事務所內的同事。

娜塔莎把頭鑽進來。「你還可以嗎？」

「不好意思……」我模糊地道，手拿著一張紙巾掩住臉龐。

「感冒了……你需要藥嗎？」她皺起眉頭，帶點擔憂的語調道。

「是鼻敏感……」

「嗯……」她裝作明白及體諒，點一點頭。「那麼，你需要點藥物嗎？」

「給我一點止痛藥吧，娜塔莎。」我垂下雙手，向後背靠座椅，吸了一口大氣。

「止痛藥？」她扯高嗓音。「它既不減輕感冒的症狀，又不暢舒鼻敏感。」

「嗯，止痛藥就可以了。這只是心理作用，隨便吞下一堆膠囊丸已經足夠。」

「你是某部分感到疼痛，對吧？」

「那個花花公子的艷情史……我怎會輕易地踩中他們設下的陷阱呢？」我輕搓著太陽穴。

「你可以將這件案子丟下，給他嘗試一下報應的滋味。」

「我答應了……」

「也可以食言的。」

「我會失去那些信任我的客戶。」

「那麼，就隨隨便便敷衍他。」

「受人錢財，替人消災！」我認真的回應。

「當律師的，就是要這樣子折磨自己的嗎？」她嘲諷道。

「這一刻，你打算放棄了嗎？」

「若然再繼續跟你討論下去，可能不單放棄，甚至覺得討厭。回家後，可能會將所有證書一把火銷毀。」

「那麼，麻煩你給我一杯水和藥片吧！」

「嗯……」娜塔莎點點頭，轉過身來，卻猶豫片刻，又轉向我。「要取消午飯的約會嗎？」

「什麼約會？」我問道。

「史施富大法官。」她簡短回答。

我立即靠向前，手肘撐在枱面，手掌抵住額前，「麻煩你給我一整盒藥片的份量。」

「自殺嗎？」她有點為難地道。

「正有此念頭……」

「你打算遺下我獨個兒處理所有案件嗎？」

「放心吧！你是我的首選陪葬品。」

「你還是邀請你的妻子吧……我希望你在臨離去時，給我一份成績優良，評語中肯的報告。」

「恭喜你！你正活在現實中。」我禁不住拍了兩下掌給她鼓勵。

「要感謝一直指導我的主人，因為他是那種在現實與夢想之間飛行的人。」

「謝謝你的讚賞。不過，你不要把自己當成寵物喲！」

「是的，主人！」她鞠了一躬，轉身離開。

十二時左右，我離開事務所，到達國際金融中心頂層的一間餐館。

我從店外已經瞧見一位頭頂白髮，鼻樑上架了一副長方形銀色鏡框的男子低頭沉思著。

「張先生，你好！」站在門檻位置的一名服務員道。「你的朋友已經在餐館內等候中。」

「我看到了。」我指一指角落位置。「謝謝你。」

今日，大法官身穿黑色西裝。面上的肌肉有點鬆弛，雙唇緊閉不苟言笑，嘴角的皺紋更令他倍感嚴肅。

我拉開木製椅子。「你好，史大人。」

「午安，律師先生。」他緩緩抬起頭，瞥了我一眼，面上仍然不帶一點笑容。「我不是告訴過你，找一間平庸的餐館……」

「你看一看四周的環境氣氛。」我撫平領帶及外套，邊左右察看，邊拉著椅子坐下來。「清靜，而且裝修十分簡潔，沒有一點奢華格調。」

「我不是這個意思。」他翻開桌面上的一份只有幾頁厚紙，設計精美的菜單。「菜式的確十分清淡，不過價錢就誇張得令人咋舌了。」

「環境太過嘈雜，就會阻礙我們傾談。這裡不怕被別人竊聽。」

「你以為我們會談論什麼世紀大案嗎？」

「有這個可能性，也有這個機會。」我乘機轉一轉話題。「你知道吸血鬼案件嗎，史大人？」

「什麼吸血鬼啊？」他詫異地問道。

「大埔林村。」

「梧桐寨瀑布的凶殺案，對嗎？跟吸血鬼有什麼關係？」他保持肅目的神情道。

我連忙揮揮手。「不，不。這是我給這起案件的代號。」

「你對它感興趣嗎？」

「有點好奇，因為那個致命的傷口。」

「嗯，那個傷口。」他左手交疊在胸前，右手手肘撐在上面，手指不停敲打著下唇。「吸血鬼嘛……」

「相似嗎？」

「哈。」他輕笑了一聲。「如果我告訴你，警方已經有點頭緒，甚至已經採取行動呢？」

「找到了疑兇？」我瞪大雙眼，扯高嗓音道。「他們的辦事效率會這麼快嗎？」

「今早我收到消息，警方已經蒐集到証據了。」

「是什麼東西？」

「女吸血鬼。」史施富斬釘截鐵道。

我呆了一呆，停頓片刻，然後帶著勉強及尷尬的笑容道。「對不起，史大人，我只是開玩笑罷了。」

他瞄一瞄手腕上銀色的鋼帶錶。「可能已經出發了。」

「是動物還是人類？」我故意玩弄一番。

「半人半動物。」他以更簡潔有力的聲音道。

我立即舉起雙手，「我投降了，史大人。十分抱歉，我不是故意的。」我迅速將話題轉回到案件上。

「你知道那名疑犯的資料嗎？」

「不知道。我只知道是一名女性。」

「那名死者的身裁健碩。」我不停搓著下巴。「該名女子極具攻擊性，有可能是接受過訓練，而且上下顎骨的力道就如老虎一樣強韌。」

「可能兇手不是單獨行動的。」

我不停地翻開菜單。「真的不太便宜。我從來沒有留意數字，只管欣賞圖畫。」

「你替我點選吧！我不知道應該怎樣計算才比較經濟。」

「好的，好的，史大人。不用勞煩你——」話未說完，手機突然響起。我從褲袋內拿出來，瞄一瞄電話上的螢幕顯示。

「不好意思。」我表現出尷尬的神情，擺一擺動手機。「葉文炘。」

史施富伸一伸出左手示意悉隨尊便。

「唏！」我將聲線轉為柔情的語調。

手機的另一邊卻傳來焦急，甚至紊亂的語句。「你要去救救她……現在就要……立即！」

「等一等，等一等！慢慢來，發生了什麼事情。」我皺起眉頭，情緒也被她影響了。

「她被警察人員帶走了。就剛剛把她帶走了。」她仍然方寸大亂。

「誰？誰被拘捕了？」

「麗莎！是敏婷！阿誌，你要去救她！只有你能夠……」傳來的聲音已經由顫抖變成啜泣。

「冷靜一點，葉文炘。有我在，妳知道嗎，葉文炘？告訴我，她被送到哪一區的警察局？」

「我不知道……我真的不知道——」她整個人快要崩潰。

「沒關係，親愛的！沒關係，我會處理好的，我能夠找到麗莎。相信我，我會好好照顧她。」我吐出一口大氣。「好了，就這樣吧。有進一步的消息，我會立即通知妳。」

我掛斷了線，把手機放在枱面上，然後緊盯著史施富。「我知道了……」

「她是你的朋友嗎？那麼，你應該避免……」史施富煞有介事地道。

「她是我太太的好朋友，好同事。至於我嗎？我不太確定我們之間的關係。究竟，我會否成為她的辯護律師嗎？我想在尚未瞭解細節之前，我不會做出決定。」我攤一攤開雙手，聳聳肩。「你知道我是那種理智勝過情感的人。不過，這一刻，我跟我最愛的人承諾了，所以……」我用小腿撐開椅子，站起身。

史施富隨即起立。「你又逃過了一場冗長的道德教育課了。」

「已經上了數十課，懶惰一下也不太過份吧，老師！」

「你要我幫忙嗎？」

「不用了，我可以找個朋友調查一下。你打算跟我走一趟嗎？」

「不。我不打算跟你或你的朋友扯上任何關係。」

「我早知道你十分討厭我，史大人。」我嘲笑道。

「我不是這個意思。」他乾咳了一下。「我打算申請主審這場官司。」

「很好。」我翹起唇角。「你清楚地表明了你的立場。」

「出發吧！」他叮囑道。「遇上什麼困難，通知我。」

「嗯，謝謝。」我點一點頭，猛然轉身離去。

我召喚了一輛計程車抵達至香港警察總部，直奔跑上三樓隸屬於麥可掌管的小組內找他詢問細節。

我喘息著走到他的工作位置。他正埋頭苦幹閱讀著什麼報告，沒有留意我在他的背後。「嗨，麥可。」我輕拍他的肩膀。

麥可猛然轉頭。「嗨，拜倫。今次要替哪位紳士保釋呢？」

「林敏婷。」我的胸膛高低起伏，未能平撫血液的急速流動。

他的臉色頓時一沉。「你從何收到這個消息的？」

「我的太太。」我盡量保持簡短的句子。

「她沒有請求法律的援助，律師先生。」麥可的語調變得嚴肅。

「我想瞭解一下她的情況，確保她受到應有的對待。」

「她正在接受詰問。」

「你們打算起訴她嗎？」

「現階段只是要求她協助調查。當然……」他聳聳肩。「之後，可能會正式檢控她。」

「我希望申請成為她的臨時律師。我要求見一見林敏婷。」

「我沒有這樣的權力。再者，我不是說過她沒有提出法律保護嗎？若然你希望跟她見過面，打過招呼，就只能在這裡等候一下。」

「你是在公事公辦嗎，麥可？」我語帶威脅道。

「對，律師先生。我就是這樣子的。」他把吊在胸前的證件脫下，一手端在我的眼前。

「好。」我一手撥開他。「我現在要以私人名義向你提出這個要求。」

他氣憤地一手擲下右手上的鋼筆。「該死的。你跟我出來。」他用力揮手示意我跟在他的背後。

我們走到迴廊的一處角落。

他壓低聲線，咬牙切齒道。「你想攪什麼，拜倫？你總要令我處於左右為難的局面。你真的喜歡這樣子嗎？」

「不，不……對不起，麥可，我只是想幫她解圍。」

「你與她有什麼關係唷？」

「算得上是朋友……」我支吾道。

「你知道嗎？剛才你的表現，我以為她是你的情婦。」

「我只是收到指令行事罷了。」

「也不要這樣過份無禮，莫視一切的規則。」他教訓道。

「我想知道她是疑兇、主犯還是證人？」

「幫兇。」他故意貼近我耳語。

「幫兇？」我禁不住大聲喊出來。

「該死的。你要讓整個警察局內的人知道我以權謀私嗎？」他齜牙咧齒道。

「究竟是什麼一回事？」我把嗓音調控至最低音量。

「我已經透露得夠多了，拜倫。其餘的一概無可奉告。」

「我想見一見——」

「不。」他打斷我的話。「夠了。我什麼也不會提供，我什麼也不會協助。若然，你真的希望見到她，我唯一能夠做到的，就是當她被釋放時，立即通知你。你可以在這裡等候，或到餐廳喝一口咖啡。詳細內容，你就親自問問她，假若她願意向你細訴冤情。」

我連忙拍一拍他的肩膀。「對不起，我為難了你。」

「當然，我不能確定她以哪種身份走出拘留室。」

「我會在這裡等候結果的，不論她被拷上手銬，還是被申請延長查問的時間。」

「我不知道你會否接受我的意見……」麥可煞有介事地道。

「你有什麼好提議嗎？」

「我認為你不應該插手這件事。我覺得這宗案子有點詭異。」

「什麼意思？」

「我的意思是所牽涉的人物，他們的背景都有點複雜。就算你代表任何一方，也難以取得壓倒性的優勢。」

「你知道我能夠逆轉劣勢。」

「我知道的。」他支吾道。「假若你要面對的不是普通人呢？或者應該說，不屬於人類種群。」

「你不是告訴我，林敏婷是吸血鬼吧？」

「你還是減少閱讀那些科幻小說吧！否則，有一日，你會在法庭上說出什麼謬論，出醜人前，聲譽盡毀。」

「別發傻了。」我揮揮手。「你所說的一切，是你的假設嗎？你的意思是，你們所面對的可能是一頭野獸，對嗎？」

「你認為自己有言語天份，去學習其他動物的溝通方法嗎？」

「這是一種挑戰。我願意嘗試一下。」

「這是我的忠告。」麥可豎起食指。「請認真考慮清楚，權衡利弊。盡可能瞭解及查問清楚所有你覺得可疑的枝節，不要感情用事。」

我凝視著他那雙誠懇的眼神，也不敢輕率言笑。「嗯，我明白了。謝謝，麥可。」

「嗯。」他點點頭，拍一拍我的胳膊，回到自己的工作崗位。

我隨便找個地方坐下來，細心思考剛才的對話內容，腦袋不斷地盤旋著野獸一詞。若然林敏婷不是主犯，那麼，麥可形容的幕後黑手……

不過，最重要的線索是她與死者之間的關係。

褲袋內的手機傳來震動。我拿出來看一看，正好是那位可以套取一些資料的人。

「怎麼了？找到麗莎了嗎？究竟發生了什麼事？」電話一接通，文炘已經爆出連串提問。

「葉文炘……」我故意拉長聲線，把節奏緩慢下來。「一切安好。麗莎正接受盤問。」

「她犯了什麼罪？為什麼把她拘留在警察局內？」她心急如焚。

「沒有，沒有。她只是協助調查罷了。」我欺騙她，為了令她平靜思緒。

「真的嗎？」她的嗓音輕柔了一點。

「嗯。」我沒有給她一個真正的答案，而且藉機向她打探消息。「麗莎有跟你提及過，她與什麼男子正在交往或約會嗎？」

「你傻了嗎？麗莎不會再對任何人動情的了。警方不會以為她牽涉及什麼情愛糾紛嘛？你也應該清楚麗莎的性格！你不要胡謅什麼，知道嗎？」她的情緒又再次高漲起來。

「不要動氣。你瞭解麗莎，所以我希望更清楚她的為人。就是要幫助她，什麼細微的事情也要問過究竟。」我知道再問下去也不會得到甚麼結果，決定敷衍她。「就這樣好了。我會把她帶回到你的身邊，你不會少了一位下屬，亦不會少了一位朋友，可以了嗎，葉文炘？有進一步的消息，我立即通知你。」說罷，我立即掛斷線，吐出一大口氣。

差點兒釀起另一事端。

一波未平，一波又起。女人就是這樣難以應付。

剛剛終止通話，另一個電話立即竄入網絡。我瞥了一眼螢幕上的顯示，正是我熱切盼望的人。

「嗨，麥可。」

「現在就過來我這裡。」電話的另一端傳來清脆的語調，簡短地說完了一句話就立即掛斷了線。

我立即跑進倘大的大廳，只見在警務人員的指示下，林敏婷正在辦理什麼手續，寫下一份份的文件。

我邊走邊喊道。「麗莎！」

她猛然轉頭，瞪大雙眼，不禁抬高聲線道。「張先生？」她的嗓音又變得抑壓。「真湊巧……」

「不是湊巧，我是為了你而來的。」我整理了一下外套，端在她的後面，轉向身穿便衣的警員道。「她需要保釋嗎？」

其中一位男警員道。「自簽擔保就可以了。」

「克里斯汀娜給你通話了？」林敏婷勉強地笑了一笑。

「對！我收到絕對的指令，要把你安全帶返家。」

她沒有回應，垂下頭在文件上簽了名，就把筆扔下。

男警員拿起文件上下掃視一遍，滿意地道。「你可以走了，丘女士。在指定日期及時間內，煩請你到警察局報到。」

林敏婷呆木地回答：「謝謝。」然後點一點頭，沒有理會我，就轉身離開。

我向麥可揮一揮手示意，就立即跟隨在她的背後，走到迴廊，邊急步跑邊喊叫道。「等一等，麗莎。」

她繼續向前走，就彷彿幽靈一樣飄浮，迷失了方向。四周的一切也頓時消逝，連聲音也墮進黑洞。

我跨大腳步，一手抓住她的手臂，再次大喊道：「麗莎！」

她停住了。更正確地說，是被我強行拉扯，力度令她的腳掌站不穩，往後一滑，黝黑的鬈髮散開，整個人翻過來面向著我。冰冷如石頭的雙眼綻露出空洞的神情，雙唇緊抿著。

我遲疑片刻，繼續道：「我送你回家吧，麗莎，好嗎？」

「我……不想……」她語窒道。

「你要到哪裡去……我會陪伴著你的。」

「我不知道……」

我呼出一口大氣。「好吧！到我的事務所去，好嗎？」

她的視線移至地面，既沒有反對，且沒有答允。

我一手繞過她的肩膀，摟住她白皙的左臂，柔聲道。「走吧。」

她跟隨我的步伐，邁開雙腳，頭顱低垂。我感覺到她的軀體搖擺不定，彷彿潛藏於軀體內的鐵鉛四處滾動，令她時而傾向左，時而斜向後。

我與林敏婷不太熟稔。

這一刻，我的腦袋卻不由自主地勾起一個古怪的念頭。

我將自己當成丘正毅一樣，把她依靠在我的身旁。當我們的軀體貼近，就嗅到一陣陣的幽香從她的軀體散發出來，令我的情緒開始有點紊亂。我想，這就是她最迷人之處。

冰冷得令人退避側目的臉龐，卻蘊藏著一種獨特的味道，讓每一位男士都心甘情願，付出一切，就只是為了好好照顧她、疼愛她、保護她。不經不覺間，我對她產生了一種戒心，就是因為她那不為人知的一面。

現在的她，過去的她，以及潛藏在體內的另一個她……

我打算在大街上舉抬起手召喚一輛計程車。就在那一刹，一聲刺耳的喇叭鳴響在我的耳邊略過，把我的視線吸引過來。我瞥了一眼那架眼熟的黑色法雅房車和車牌，不禁喊叫出來。「我的天呀！」

一頭染了深啡色長髮的少女從車窗位置擱出頭來。「主人，我等了你很久喲！」她不停揮手示意，招惹我的目光。

「娜塔莎，你真是我的好下屬、好學生！你身兼兩職，既是我的助手，也是我的秘書，現在更成了偵探哩！那麼，我要多給你一份薪水嗎？」我邊說邊走到乘客座位，打開車門，讓林敏婷竄進內。

「我只要一份近乎完美的報告。」她雙手握緊方向盤，瞄一瞄後照鏡。

我鑽進駕駛座的隔鄰，伸出手輕撥弄了一下娜塔莎的頭。「給你多少份報告也可以。」

伊芙

這裡的環境異常惡劣。

一個儲水器掛鉤在鐵枝上，像漏斗般淌下水滴。鐵籠的空間僅僅足夠我移動龐大的軀體。究竟我要抬頭仰望高掛在天上的皎潔明月？還是垂下頭觀察昆蟲螞蟻的爬行路線呢？

我終於感受到失去自由的滋味。

我發誓要保衛家園，保護自己的領土。我撕破喉嚨嘗試嚇唬他們；我齜牙咧齒，佯裝出攻擊的動作，綻露出一副駭人的臉容。可惜，孤軍作戰的我，難以力敵對方一行數人攜帶工具的彪悍大漢。結果，落得一敗塗地的下場。

他們早有計劃向我挑釁；他們早有準備向我採取攻擊。

對於我來說，他們是陌生人。的確，他們向我表露出自己的身份，而且還向我出示了証件。我十分感謝他們將我當作人類看待，申報出我所擁有的權利。不過，之後的暴力行為，令我非常反感。

我十分歡迎他們以誠懇有禮的態度，邀請我到狗舍一趟。我認為他們採取了不恰當的方法，雖然他們是依照指示及指引條例行事，實屬正確，亦不能責怪他們。既然他們擁有一個比任何生物優越的腦袋，不是應該充份地運用它嗎？

眼前面對一隻手無寸鐵的狗兒，竟然動用那支足以把人勒斃的頸圈套在我的脖子。既然對方使用暴力，我豈會順應惡勢力的擺佈，不作出反抗喲！當然，最終換來的結果，就是留下了一道紅腫的傷痕在皮膚上，而且隱約發痛，如火燒般炙熱。

這一刻，我為敏婷及雪麗感到憂心。沒有了我的保護，她們能夠好好照顧自己嗎？晚上記得把門窗鎖緊嗎？觀看完新聞報導後，有把電視機關掉嗎？

無可奈何地，明天跟肯恩及基斯的聚會，我要爽約了。我無法獨自逃離這個大鋼箱。的確，我嘗試咬磨圍繞著我的每一枝幼鐵，可是它比木頭堅硬上好幾倍，就是牙齒啃得發軟了也無法削去一丁點。

我趴在地上，眺望著蔚藍天空上各種形狀的浮雲，希望能夠分散注意力，忘掉肚皮內不停敲打著的擊鼓聲，也希望睡魔快點向我來襲，然後雙眼再次睜開時，敏婷就在我的身旁，輕撫我、搔抓我、擁抱我……

明天，我仍能存在於這個世界上嗎？

明天，我要向敏婷道別，投向正毅的懷抱嗎？

明天，希望就在明天……

張誌炫

我把林敏婷安頓在辦公室。

瞧見她蒼白發青的面容，我才想起倒一杯茶給她。當我準備跨出房間到茶水間，娜塔莎已奉著一杯熱茶迎面走過來。

「你現在才想起要招呼一下客人嗎？」娜塔莎帶點嘲弄道。「是女性的感官比較敏銳嗎？我在車上的後照鏡不時瞥見她的軀體間斷地顫抖，面頰及嘴唇也沒有了血色，近乎發紫。」她把馬克杯放在枱面，移至林敏婷的端前。

「謝謝你……」林敏婷點點頭。

我舉起食指，張開大口準備說些什麼，卻突然停住了。

娜塔莎立即使用同一樣的舉止，模仿我的動作。

我睜大雙眼，立即揮動食指。「對！加分！」

娜塔莎立即揮了一下手指。「全中！」

我的手放在門把上，靠在一旁。「請！」

娜塔莎向林敏婷微微彎腰。「有任何需要，就呼喚我一下。透過通話器或大聲喊叫也可以，小姐！」

「好了，好了。我會做出什麼事情來，令麗莎向你求救嗎？」

娜塔莎一踏出辦公室，我立即把門關上，然後走回自己的黑色皮座椅上，癱軟下來，雙臂放在扶手上，吐出一口大氣。

林敏婷仍然把頭垂下，雙眼凝視著枱面上那杯紅茶及向上縈繞的蒸氣。

「你打算繼續沉默下去嗎？」我禁不住寂靜的氛圍，開口道。

「我有什麼事情需要向你坦白的嗎？」她的軀體沒有變動，只是嘴巴張開合攏，從喉嚨哼出微弱的聲音。

「你不打算告訴我究竟發生了什麼事情嗎？」我沉住氣道。

「你不是已經瞭解大部分的內情了嗎？」

「什麼？」我詫異道。

「在你前往警察總部時，不是向你的朋友們蒐集了不少重要的資料嗎？」

「你是以哪一套辦案方式來推斷我的行為呢？先夫的調查案件方法嗎？還是電視劇集內的橋段呢？」

「重要嗎？」她把頭抬起，雙眼凝視著我。

「你跟那位叫秦銘的死者有什麼關係？」

「在審問我嗎？」

「你不告訴我真相，我幫不了你。」

「沒有關係。」她斬釘截鐵道。

「既然沒有關係，警方會扣查你嗎？」

「跟兇手有什麼關係就不可以嗎？」

「那麼，你就說出來吧！」

「你打算替我或兇手辯護嗎？」

「克里斯汀娜拜託我來幫一幫你。」

「我想她只是叫你把我從警察局拉出來罷了。」她冷冷地道。

「你被警方視為幫兇，你能夠自己擺脫一切罪狀嗎，林敏婷？」我毫不客氣地對她吼叫起來。

「你要知道來龍去脈嗎？你會替我們取回公理嗎？我要如何報答你呢？當傭人？傀儡？情婦？好好服侍你？滿足你？你願意無條件協助我們嗎？你以為我這種平民百姓能夠負擔起聘請像你這種拜金主義的大律師嗎？」她的眼眸冷如冰雪，銳利無比。

我憤怒得站起身，大力拍打枱面，杯中的茶飛起四濺。「你在批判我嗎？我只是按照指令執行事務。我有權利選擇我喜歡的案件，也可以毫不計較一分一錢去檢控某人或為某人辯護。我要名；我要利；我要權力；我要金錢；我要真理；我要扭曲是非……只要我願意的，根本什麼東西也阻擋不了我。」

「就算是面對一單沒有勝算的案件也——」

「我可以選擇不予受理。」我打斷她的話道。

「那就是你們這行業……稱之為敬業樂業的態度嗎，律師先生？」

我咬緊牙根，緊握拳頭捶在枱上。杯中左右浪盪的茶水，再一次濺起，而且洩出的份量形成了一灘水泊在光滑的桌面。

我怒目而視，卻強忍住，避免吐出一堆不雅的髒話。

「我知道你是為了取悅你的妻子，才答允她的請求。」她仍然冷靜自若。「我會跟她解釋清楚，你不用為了找個什麼合適的藉口而感到惆悵。」

我閉合雙眼，吸了一口氣，再緩緩地吐出來，然後坐下。「一意孤行嗎，麗莎？」

「沒關係。我可以自行處理……」

「嗯。」我點一點頭。「那麼，我有一道疑問，我可以提出嗎，麗莎？」

「說說看吧。」

「嫌疑犯……究竟是人，還是動物？」我煞有介事地道。

「對於我來說，她一直以來都是以人類的身份活著，與我相依相靠。至於其他人嗎？我的意思是大部分人，就如張先生，你就必定會認為她只不過是一隻畜牲或野獸罷了。」

我乾笑了一聲，然後禁不住仰頭放聲大笑起來。「我不知道你曾經擔任過公關的工作呢！」

「我只是說出我的感受罷了。」

「接下來……」我把十指交疊擱在枱邊。「你打算怎樣……請隨便。」

「謝謝……」她準備推開椅子站起來。

我瞄了一瞄時鐘。「四時三十分……放學了，對嗎？現在才趕去，會遲到呢！」

「沒關係。老師們十分願意替我暫時照顧雪麗。」

「要我送你一程嗎？」我隨便開口問道，雖然早已知道了答案。

她搖搖頭。「不用了。謝謝你的妻子……」

「你親自打一個電話告訴她吧！我不會為你代勞的。」

她走到門前扭動門把，卻突然停住了。「另外……謝謝你。」

「我嘛？我不是十分討你厭嗎？」

她回頭望向我。「當我孤獨一人，感到徬惶無助時……我指在警察局……你的出現，令我整個人也安心起來。」

「可惜，我連一句安慰的說話也斤斤計較，就是慰問的語句也忘記了。」我帶點尷尬地道。

「足夠了。」她打開門。「已經足夠了。」她留下一道微笑，便離開了。

娜塔莎一閃進來。「你對你的客戶大吵大鬧，如此無禮，真是……駭人聽聞的事情唷！有誰不知道你是一位溫柔體貼，盡善盡美的服務員喲。」她的表情裝作驚訝。

「她不是我的客戶。」我放鬆身體，讓整個人陷進皮椅子裡。「永遠都不是。」

第四章　咆吼

張誌炫

昨天的報章沒有報導有關的消息。

正確來說，是我沒有任何意欲尋找出有關它的蛛絲馬跡，因為我極不願意接觸到它。

自從跟林敏婷對話以來，我刻意抑壓自己的情緒及好奇心，不讓自己有半點空間發白日夢；不讓自己想起有關這宗案件，對它作出無謂的推斷；不讓雙眼接觸到網上泛濫的資訊，只要一瞥見有關大埔、林村、凶殺案、年輕女子的字詞語句和主題內容，我情願跳過一則新聞，也不想把自己的另一條腿踩入泥沼裡。

我不明白自己為何如此忌諱這件案子。

唯一能夠說服及安慰自己的，就是害怕跟史施富大法官作正面交鋒。他喜歡對我進行批判，縱使我只是代表受害者或被告的辯護律師。無論工作上、私人感情上、道德上，就像平常的日子一樣，藉機鞭策我、糾正我、教訓我。如果他打算申請成為這宗案件的主審法官，我相信沒有人敢向他提出挑戰，甚至甘願放棄資格，俯身低頭向他跪拜。

我更在意麥可對我的忠告，腦袋不斷地思考著林敏婷。

在這幾天的空閒時間裡，我的雙手會不由自主地搜尋一些心理學的書籍；十指在鍵盤上敲打精神病學的詞語，嘗試在網際網絡的搜尋器裡瀏覽有關的資料；雙腳更操控了我的方向位置，強迫我踏上一階一階的梯級，走進圖書館內讀取參考數據。

野獸。麥可意指的是實體還是心魔？

就算是面對數以萬計的指控，只要是人類；只要是能夠閱讀他們的言語，我就有絕對的信心，駁斥歪理，扭曲真相，將它成為新時代的理論。

最令我擔憂的是一頭動物。

一頭只懂張牙舞爪、咆吼喊叫的動物，我究竟要以哪種方式去跟牠溝通及抗辯呢？我要找哪些人替我撰寫一份半真半假的報告去騙倒所有愚昧的觀眾呢？

我無法辨清自己的感受，就彷彿著了魔一樣，為了這件事情失去了理智。既想逃避它，又想觸摸它。我就連自己正在法庭內替我的客戶辯護期間，腦袋裡也在縈繞著林敏婷那張時而寬容、時而猙獰的臉貌。

「我正式宣判，被告陳少光，罪名不成立……」高高在上的法官，雙眼不停掃視著眾人，以莊嚴宏亮的聲音讀出判詞。

艾勒舒了一口大氣，而我的記錄上也增添一場勝仗。

不過我漠不關心結果，縱使他被獲判入獄，我也只是輸了一點點聲譽。艾勒已經迅速逃離法庭。我敢確定，不久將來，他會再次登上同一個席位，而且拜訪的次數不斷遞增。

我並不討厭他。他只是個喜愛吃喝玩樂的花花公子，連渣滓也說不上。我認為終有一日，他要為自己的行為付出代價。

這就是報應。

我相信這種唯心主義論。

善有善報，惡有惡報；若然未報，時辰未到。

他們這些惡行者，總會遇上飢餓的老虎，一口將他們吞噬。而我就是助長這些惡行者的氣燄的人。所以，我相信自己也不會有什麼好下場，只要不禍及妻子兒女就是了。

「你整日也心不在焉唷！」娜塔莎抱著一大疊文件在法庭外的走廊悄悄地說。

「只要在庭內專心工作就可以了。」我反駁道。

「我指的是⋯⋯包括在替花花公子辯護的時候。」

「我是遵照你的指示，隨隨便便應付這場官司罷了。」

「你儘管將責任推到我的身上吧！」她聳聳肩。「沒辦法了，我只是一位卑微的從屬。」

「我十分認真聽取你的建議。」

她搖搖頭。「算了吧。你認為他真的會在半島酒店設下慶祝派對嗎？」

「他們這種富家子弟，對於自己立下的承諾，會十分認真對待的。」

「承諾?!」娜塔莎扯高嗓音咆吼道。

「對，承諾。」我重複道。「只要他們覺得好玩的，就會兌現。」

「你認為我應該出席嗎？」

「艾勒邀請你？」我瞪大雙眼，扯高語調。

「不可以嗎？」她喊罵道。

「你認為是因為辯護有功，還是智慧聰穎呢？」我揶揄道。

她立即停下腳步，一手摟抱住所有文件靠在胸腔，一手扠著腰，然後擺出一副模特兒專用的姿態。「姿色出眾！可以嗎？」

我由上而下掃視著她的軀體，然後緩緩地點點頭。「你的分析十分正確……」

「那麼，我應該拒絕他嚒？」

「假若你願意成為他的下一個獵物的話……」

「我才不願意跟你對簿公堂唷！我會被你羞辱至死的！」她噘著嘴說。「你會去嗎，主人？」

「我認為，今晚，我應該好好一個人反思一下自己的所作所為。」

「現在才開始有所覺悟去檢討一下自己的念頭，不會太遲了嗎，主人？」

「你覺得現在才趕回家，換上一套性感暴露的吊帶裙出席宴會，不會太遲了嗎？」

「我不會像其他同齡的女孩一樣愚笨，把自己推進一個滿佈陷阱機關的洞窟內。」

「那麼，你打算安排什麼節目代替這個驚天陰謀呢？」我問她。

「事務所……或者……」她皺著眉頭，費煞思量道。

「我給你做一個建議，好嗎？」我狡猾地笑了一笑。

「什……什麼呢？」她誠惶誠恐地道。

「自我檢討一下，想想對待一位報復心極重的主人，應該抱持住哪種的態度，才能避免痛苦的折磨。」

回到事務所，娜塔莎整理在法庭上紀錄的資料，輸入至中央電腦後，就拿著手袋離開。她說她已經約了幾位好朋友吃頓豐盛的晚飯，然後舉起酒杯，討論一下如何應付脾性古怪、喜愛挑剔、蠻橫無理，卻會支付優厚薪酬的老大。

整個事務所人去留空。

我獨自一人背靠在皮椅上，悠然地翻閱一本以基本知識編寫融合唯心主義及唯物主義理論的心理學書藉。

麥可沒有再給我來電；史大人也沒有為我重新安排一堂道德課；文炘也沒有做出任何抱怨。林敏婷誠實地向她表達出自己的意見及想法？又或許編了一個故事把她蒙騙過來？我不介意她與文炘之間的相處之道，只要不影響我的生活，不影響我與文炘之間的感情就是了。

女性與女性之間的友誼跟男性與男性的迥異不同。

我認為不干涉她們，不擾亂她們相互溝通的獨有方程式，是明智的抉擇。或者，是我自己一廂情願的想法……

晚上九時左右，我扭開鎖孔，推動大門，雙腳跨進門檻時，已經感到一股詭異的氣流湧向我的軀體，不禁雞皮疙瘩。我不斷窺探家裡四周的環境。屋內一片昏暗，連一顆微弱的燈火也沒有開啟。文炘的背脊跟黑色皮沙發完全融為一體，電視螢幕反映在她身上的光線隨著畫面圖像及顏色變動，顯得特別陰森恐怖。

我關上門，踏前一大步，瞥見克雷孟特趴在她的身旁，一聲不響。

文炘既沒有像以往扮演賢妻的角色，替我脫下外套，且沒有倒一杯茶送到我的口裡。那隻笨狗也沒有搖搖尾，伸伸舌去迎接我。

我輕輕把西裝外套隨處掉下，盡量以不影響她的力度把臀部壓在沙發上。我從眼角瞟了她一眼，瞧見她的神情呆木，雙手交疊在胸前。我一手繞過她的腰間，把她摟抱住。「怎麼了？有什麼煩惱嗎？」

「你沒有看過晚上的新聞報導嗎？」她呢喃道。

「我的辦公室沒有安裝電視喲！」我胡謅道。

「你毫不關心麗莎的情況嗎？」

「她應該已經給你解釋清楚了，不是嗎？」我有點驚訝道。

「你就不能夠給我說明一下現況嗎？」

「當然可以……」我囁嚅道。「只要你提問的……我也會回答你……」

「你與麗莎有什麼關係？」她把臉湊過來，貼近得完全感受到她的每一口氣息。

「什麼？」我想扯高嗓音，不過被文炘的氣勢嚇倒了。

「你要我重複一遍嗎？」她咬牙切齒道。

「不……不……」我猛烈地搖頭。「會有什麼關係唷？朋友……甚至連朋友也談不上……」

「那麼，為什麼要欺騙我，隱瞞我！為什麼？」

「我沒有——」

「有！」她打斷我的話，咆吼道。「你！與她！也有！」

我噴出一口大氣。「你知道嗎，葉文炘？我有責任維護客戶的權益……」

「謀殺啊！阿誌，你知道是何等嚴重的罪行嗎？」

「你冷靜一點！」我輕拍她的肩膀。「案件仍然在重組中，她只是協助調查。」

「你們打算繼續將那些謊話延續下去嗎？」

「不，我已經沒有再插手了。其他的事情，我也不太清楚。」

「那麼，你要看看這些片段嗎？」她邊說邊按動手中的操控器，按下播放鍵鈕。

螢幕的畫面閃動了一下，立即播放出一段新聞報導：

「大埔林村兇殺案中，漁農處職員捕獲的一隻黃金獵犬，現已被拘禁在香港漁農處狗舍，等待進一步的調查。另外，警方扣留了狗主林敏婷，準備控告她疏忽照顧，導致他人死亡。她獲批准保釋。死者親屬的代表律師聲明，會對狗主提出控訴，要她為死者的悲慘下場負上全部責任。他們將不惜一切，討回公道……」

「你有什麼話要回應嗎？」她扔下手中的遙控器，立即從茶几上拿起另一個遙控器，指向電視機按了一下鍵鈕，螢幕閃了一下，畫面全黑。

「嗯，原來如此。」我抿著唇，手肘撐在大腿上，恍然大悟。

「你想扯開話題嗎？」她猛力拍打我的胳膊。

「麗莎完全沒有向我提及過呢！」我為自己申冤。「不，不。應該說我沒有理解她的說話。我還以為她是精神分裂……」

「我不想再聽到你胡說八道了！我只想知道，你會幫她嗎？」她的臉色一沉，臉容不苟言笑。

「她沒有請求我的協助。」

「難道要她向你這個大律師搖尾乞憐，聲淚俱下，去博取你的同情嗎？」

「她有權利選擇任何一位律師，甚至政府的法律援助。」

「那麼……」她的容顏變得寬容。「我請求你……」

「我的天啊……」我翻一翻白眼。「我的女皇大人，法律這種事情並不是一般玩意，隨自己喜愛，隨自己挑選。案件的內情、勝算率、受害人及嫌疑犯的背景……太多太多的絲線牽絆著，並非一時意氣就能夠做出一個決定。這會害苦了自己，也會影響其他人。」

「你的意思就是拒絕嘛，對嗎？」她瞇起雙眼，緊盯著我。

我拍打了一下前額，再翻一翻白眼。「女皇大人，我從沒有接觸過相類似的案件。我不懂什麼動物條例，更沒有信心去瞭解一隻動物的思想行為。況且，究竟事件的原兇是誰呢？有人會相信這場悲劇是由一頭叫伊芙的普通犬隻所誘發的嗎？難道沒有人暗地裡引導牠，去完成整個殺人的過程？作為主人的林敏婷，她絕對有能力阻止自己的寵物——」

「你的意思是麗莎才是真正兇手？」她打斷我的說話吼叫道。

「我無法定下任何結論。我只知道，自己對於這宗案件一無所知。」

「這是一個新的考驗！」

「這是一場實戰。沒有任何模擬測試的，葉文炘！影響的不只我，不只你……而是一群在這個社會中生活的平民百姓。」

「這是一個機會……」文炘煞有介事地道。

「什麼機會？我不打算藉此類錯綜複雜的案件來提升自己的名氣及地位。」

「不。不是什麼名與利；不是什麼功與過……」文炘垂下頭，思索了一會，把頭抬起凝視著我。

「是救贖。」

我緊閉著唇，雙眼盯著她，不知道怎麼回應。我在腦袋裡不知演繹出這個場景多少遍，也想不出適合的語句為自己辯護。現在，我要真真正正地面對問題，再也逃不了。

她接著說。「一直以來，我從沒打算干涉你所處理的案件。」

「對。」我點點頭。「因為你懂得體諒我這個蠢材。」

「你替某位騙子、某位無良地產商、某位富家子弟、某位殺人犯……我從沒有向你抱怨，亦從不阻止你替那些渾蛋辯護。因為我知道，你既然選擇了律師這種職業，就得遵從這個範圍內早已訂下的遊戲規則。」

他禁不住輕撫她的背脊，柔聲道。「我知道。我知道。」

「每當你的身影出現在電視的螢幕上，一大群記者拿著麥克風及攝影機，詢問你為那些罪有應得的人洗脫罪名的感想時，我的心不其然有一陣悸動。」她停頓下來，嚥了一口口水，聲線有點嘶啞。「我聽過不堪入耳的髒話，被人在背後痛罵、詆毀、指責。而我就只能把自己裝成一名既盲且聾的人，只能啞忍。」

「為什麼你不說出來……為什麼呢？難道我會讓你一個人獨力承擔這些謾罵及譏諷嗎？」

她淚眼凝眶，最終也阻擋不住洪水傾瀉，沿著臉頰滑下來。「我無法替你，甚至為自己辯護。因為我們選擇一起走著這條泥濘路；因為我們無法為自己所做的一切找個藉口掩飾……」

「對不起。」我輕擦著她臉上的水點。「真的對不起。」

她搖搖頭，抽泣了一下。「我必須為你分擔背負著的重責，因為我們立下了盟誓；因為你是我的好丈夫。」

「你也是我的好妻子，我最愛的。」

「所以……」她雙手輕搓著我的臉腮。「為了我，為了未來，為了我們將來所擁有的美好家庭，你就伸出雙手，把麗莎拯救回來，可以嗎？」

「嗯。」我點點頭。「這一刻，我無法確切地應承你，因為我要蒐集所有的資料才能做出判斷。我發誓，我會竭盡所能，無論如何，要打開這個缺口，踏出第一步，但是我必須要得到麗莎的配合。」

「我需要做點什麼嗎？」文炘的雙眼回復了一點神采。

「最坦白的證詞。我要她回答我所有提出的問題。」

「我現在就給她通話。」她邊說邊跳下沙發，走到枱面上拿手機。

「告訴她……」我豎起食指。「明天早上七時正抵達我的事務所。」

「七時正！」她瞪大雙眼，扯高嗓音道。「你還懶在床上……而且事務所仍然閉門深鎖——」

「依我所說就是了，好嗎？」我打斷她的話，堅持己見。

「嗯。」她點點頭。「好的。」

文炘把手機放在耳邊，躲進寢室內，然後把門掩上。我把頭傾側，才發現克雷孟特挺直腰背，坐在沙發上凝視著我，伸伸舌頭，擺擺尾巴，表現出一副高興不已的神情。

「你這個樣子，是在讚賞我嗎？還是你剛剛才發現我的存在呢？」我輕輕搔抓牠的耳背。「你就為你的好朋友祈禱吧！」

伊芙

時間過得十分慢。

比平常的日子要慢好幾倍。

無所事事的生活就是這樣子的了。我曾經聽過有些人說，在某個地方逗留，時鐘的指示針會轉動得比較慢。假若是依據人類的科學而得出的結論，在這個狗舍內的工作人員，就應該比其他地區的人獲得更高的薪酬了。

那麼，敏婷到來探訪我的時間就相對地長……還是會縮短了呢？我也被愛因斯坦的理論弄胡塗了。我只知道我還未嗅到敏婷的半點氣味，連心靈感應也沒有奏效。她一定遇上了什麼麻煩事，阻礙了她的進程。

天空的顏色開始變得黯淡，太陽被一層層積厚的灰雲遮蔽住，似乎要落下一場大暴雨了。

我想起那天的我，背負著沉重的心情，回到敏婷的身旁……

張誌炫

早上八時正，風雲色變。

整個天空籠罩著陰沉的氣息，卻未能弄亂了我的心情。身旁的人與物令我的情緒保持高漲，不受外界所影響。平日含蓄的文炘，不但跟我來了一個熱情的法國式接吻，就連克雷孟特也帶著一張喜悅的笑臉迎送我。

一切開始轉變了。我覺得這會是一場驚天動地泣鬼神的劇震。

我泊好了車，瞥了一眼手腕上的鋼錶：九時三十分。

我帶著輕盈的步伐，雙手插進褲袋，在事務所的玻璃大門前停下來，瞟了一眼接待處，發現林敏婷已坐在沙發上靜待中。

大門響起咔嚓的一聲，門檻上亮起了綠色的燈號。我推開門，跟接待處的人打了一個招呼，再走向林敏婷的端前。「日安，麗莎。」

她畢恭畢敬地站起來，微笑著。「日安，張先生。」

「請到我的辦公室。」我伸出手示意方向。

她點點頭跟隨我走到娜塔莎的位置。「日安，娜塔莎。」

娜塔莎站立起來。「日安，主人。」然後她急步跑到我的辦公室前推開門。「日安，林小姐，請內進。」

我待林敏婷鑽進房間內，大門自動掩閉後，我問娜塔莎。「她等了好幾小時嗎？」

「不清楚。我以為自己會是第一人返到事務所時，她已經站在門外等候。我給了管理處一個電話，他們說林小姐在早上六時左右已經抵達大樓。」

「嗯，不錯。」我翹起嘴角滿意地道。

「你是這樣子對待客人的嗎？」

「我不是說過，她不是我的客人嗎？」

「那麼，她是你的朋友吧……若真的如此，我會跟你絕交。」

我揮揮手，笑了一笑。「好了。審訊的時間完畢了。」說罷，我推門進內，然後倒抽一口氣，一屁股墮進座椅。「昨天，睡得不錯嘛？」

她低頭咕噥著。「這幾天……還可以……」突然她把頭抬起。「前幾天……很抱歉。我沒有資格對你作出批判。」

「不，不。」我揮揮手。「這幾天的晚上，我也不斷思考著你所說的話。這幾年來，我就是如此渡過每一天的了，想起也感到有點慚愧。」

「昨晚，克里斯汀娜跟我通話，說了有關這起案件的事……」她猶豫片刻，繼續道：「所以我決定較預約的時間早一點抵達事務所。」

「三小時。」我舉起三隻手指。

「我不知道。我沒有刻意去計算時間，或者緊盯著手錶的指示針。」

「很好。」我拍了兩下手掌。「你要知道，置身於一場官司中，最重要的是耐性。」

「我知道事務所的開放時間是早上九時……」

「所以我就是要鼓勵一下你啦！因為另一重要的事項是信任。」

「你相信我嗎？」她的視線移向我，跟我的目光相接觸。

我交合雙掌，握成拳頭，放在腹腔上，身軀向後靠。「你不要誤會，我還沒有決定接手處理這宗案件。」

「我明白的。對於我與伊芙之間的關係，你應該是一知半解，甚至毫無頭緒。」

「對。我只是從克里斯汀娜的口中略知一二。」

「那麼，我應該從何說起……」她有點遲疑不決。

「就由案發當日。」我豎起食指，軀體靠向前，嚴肅地說道。「你與伊芙的一舉一動！」

伊芙

目標人物確認了。

就是他。錯不了的。

身上竟然沾有數十隻狗的費洛蒙，而且不少的氣味早已經在各棵樹幹上消散了。

在聚會中，他總是熱絡地跟那一頭英國激飛獵犬打個招呼，然後再走到一群馬爾濟斯的圈子裡拍拍牠們的背脊，又搓搓牠們的耳背。他表現出對犬類的狂熱，不過我就是從沒有見過他拖拉住一隻屬於自己的寵物。他不僅擅長於跟各種的狗兒溝通，就連牠們的主人也懂得討好，裝出一副祥和的態度。

他能夠矇騙人類的雙眼，躲避過其他狗兒的感官，卻無法把我瞞混過來。因為我承繼了正毅感到最自傲的能力——直覺。

不幸的事情陸陸續續地發生了。

那一戶人家的玩具貴賓犬失蹤，另一戶的混種雜犬也不知不覺地消失在人群中。有些被尋回的，就只剩下肢離破碎的屍骸，連辨別外形樣貌也比登天更困難。其實，危機早已潛服在村落裡，可惜，有些人顯然對悲劇漠不關心。現在種子已經萌芽，成為了一棵碩大的榕樹。既可輕易把人遮蔽匿藏，且可以不經不覺地入侵這個村落的每一片土地。

新聞報導沒有提及半點有關的消息，亦沒有人調查及偵測附近出沒的可疑人物。一切一切都是人類自己遺下的禍根；是人類自己不在意其他物種的生命；是人類自己被利慾薰心。

我正等待著一個機會，去告訴世界上的所有人……

動物的尊嚴。

我從人類的身上學懂狡猾奸詐，以他們的運作方式，以相同的手段應用在他們的身上，借故湊近目標人物，跟他混成一伙，裝扮出服從及討好的樣子，舔舔他的手，嗅嗅他的臉。

他已經把我的樣貌特徵認清楚了；他已經從敏婷的口中得悉我的名字了。我多次跟蹤他及留意他的行走路線圖，有時故意讓他發現我的身影，既能加深他對我的印象，且減低了戒備性。

他的身邊不時有幾位穿著樸素的男男女女相伴，走進一幢豪華的三層高新型樓房。他的親人？也可能是他的朋友，亦可能是他的同黨。我無法記清楚他們的樣貌，更無法接近嗅聞他們的氣味。他們從沒有在任何狗狗聚會中出現，亦未曾在我們「三傻」出巡期間暴露出身份。

沒關係。所謂殺一儆百。

他就是我的目標……

我沒有打算告訴肯恩，亦不會通知基斯。因為我未能確定此項任務的危險性。我不希望連累朋友，就讓我獨自承擔就好了。

那天，清風送爽，萬里無雲，天空一片蔚藍。

那天應該是美麗動人的日子。不過，對於某些人而言，氣候的變化，根本就跟平常的生活沒有任何關係。工作的繼續工作；嬉戲的繼續嬉戲；休息的繼續休息。他們卻不知道，殺戮是沒有時間和地域上的限制。

肯恩及基斯沒有出現，村落巡邏的活動就只有我。

我瞧見目標人物正熱絡地與一隻杜賓犬進行你拉我扯的遊戲。那隻被標籤上惡犬一族的杜賓犬馬卡斯，擁有一副可憎的模樣。左邊的耳朵被剪斷，尾巴也被修飾過，令他的外形更顯得威猛。一眾的狗兒也不敢接近他，就是人類也要退避三舍。

我就是說，以貌取人是人類的一大弊病。

誰會想到那隻杜賓犬是一頭笨狗呢？只要我悄悄走近他，在背後猛吠一聲，他就被嚇得方寸大亂，走到主人的身後躲起來，四肢發抖。馬卡斯雖然膽小，卻十分貪吃。

我觀察了整整一個星期。

目標人物不時會給馬卡斯一頓豐富的零食，藉以靠近。那隻笨狗卻不知道危機逼近，竟然主動諂媚他、取悅他，貼在他的褲管上擦擦嗅嗅。他真的十分厲害，不單認識各式各樣的狗種特性，更懂得親身接觸，瞭解個別犬隻的性情作出詳細的分析，從牠們的弱點著手。

這就是他的本領，卻誤用於歧途上；他應該可以給我們狗界做出重大貢獻，卻利用我們來牟取利益或滿足自己的慾望。

行動了！

他開始行動了！他以半誘半拐的形式，把馬卡斯一步一步帶離人群及狗群，詭秘地潛入叢林中。

我左盼右顧，發現敏婷不在附近。那些喜愛搬弄是非的人只顧自己享樂在言談中，沒有察覺到什麼不妥當的事情發生……

我輕鬆踱步，以處變不驚的姿態跟隨杜賓犬及那個人的身影。

我希望就在此時此刻，將一切的悲劇終結。不單是為了狗族群，也是為了那些真真正正關愛大自然的人。

正毅，伊芙出動了！

張誌炫

「要再來一杯咖啡嗎？」娜塔莎瞥了一眼端前的茶杯。

「你真的希望我徹夜無法安睡，然後明天請假，給你樂得清閒嗎？」我垂下頭，處理手中一堆資料。

「我以為你會為這個奇幻故事感到異常興奮，需要好好思考一下當中的寓意。」她站起身，推開座椅，一手挽起茶杯的握把。

我吐出一大口氣，放軟軀體，靠向椅背，把頭微微抬起，凝視著因為灰黑的雲層遮蔽了光線而顯得昏暗的天花板。「假若她所說的是實話，這場官司就輸定了。」

「你根本沒有打算接手處理它，不是嗎？」

「我曾經對你透露過任何情緒，而導致你認為我只是對林敏婷敷衍了事嗎？」我擠起眉頭道。

「她不是你的客戶。」她簡短回答。

「對，她的確不是我的客戶。」

「那麼，你會表現出菩薩心腸，給她一張免費的禮券？」

「世界上沒有免費的午餐。」

「剛才的四小時諮詢費用……你打算以哪那種方式記錄在客戶資料裡呢，主人？」

「如實填寫就可以了。」我搓一搓太陽穴。「我沒有打算私底下向她要求任何形式的報酬……拜託，娜塔莎！」

「那麼，我就要向她索取費用了。」她轉身準備跨出辦公室大門，走到茶水間時，猛然回頭。

「真的不需要咖啡嗎？」

「好了，好了。」我搖搖頭。「麻煩你給我一杯咖啡吧。」

「我可以在責任律師一欄上填寫我的名字嗎？」她的聲音從遠處傳來。

「有什麼用途嗎？」我撐開喉嚨喊叫。

「如果你真的不打算把應得的佣金灌進自己的口袋內，那麼，我十分願意代勞。你可以將所有酬勞轉到我的銀行戶頭。」

「可以結束這個無聊的話題嗎，小姐？」我的軀體靠向前，手肘撐在枱上，手指不斷地按動太陽穴。

「我希望確定……」她邊說邊從茶水室走回辦公室，雙手奉著一個托盤，端上兩杯盛滿啡色液體的飲料。「在這場官司上，我會獲得一點酬金。你知道嗎？雖然我是你的助理，不過也是靠著銷售員般的制度存活的。」

「你不用通知林敏婷，向我申報就可以了。我會將資金轉入事務所的銀行戶口，可以了嗎？」

「所以我就是說，她是你的客戶嘛！」她拉開椅子坐下來。

「不。現在她是你的客戶了，娜塔莎！」我嘲弄道。「由你為她提供服務吧！」

「噢！」她故意扯高嗓音，「那將會是我的第一場考驗嗎，主人？不過，可以給我一宗較為簡單……或者正確來說，是普通的案件，不是這一宗人類與動物混戰的案情。」

「很可惜，娜塔莎，你沒有選擇的權利。這就是這個行業的遊戲規則。」

「多殘酷呀！」她彎下腰背，雙手交疊在枱面，把臉龐埋下在臂彎內。「我的掀幕戰竟然是一場敗仗，而且是徹徹底底的……」

「只要審判結果令人瞠目結舌，就算是輸掉一半，我們也可以說是獲得勝利了。」

突然，她躍起來，瞪大雙眼緊盯著我。「你有沒有告訴她那一項無法改變的控罪唷？」

「沒有。」我搖一搖頭。

「搞什麼呀，主人！」她猛然把身軀靠向前。「你完全沒有打算給她準備去接受現實。你欺騙了她，違反了守則。」

「你忍心嗎？你能夠替我向她坦白地說明狀況嗎？」我也猛然地躍起身。

「這是你的責任嘛！難道你要她在宣判讀詞的一刻眩暈過來嗎？若然……我就是說有這個可能性……」她支吾道。

「輸掉了官司。」我攤開雙手。「謝謝你。」

「對啊！就是輸掉了官司。」她猛然點頭。「那麼，對於她來說，是一個雙重的打擊。」

「我不敢肯定……我認為告訴她這個實情，她就不會在意這場官司的結果，甚至放棄為自己辯護。」我苦惱地思考，沉默片刻，雙手撐在枱面，低下頭，呢喃道。「我要給她一點暗示嗎？」

「我認為，你應該找個好時機，給她輔導一下。」

「還要為她上一課心理諮詢嗎？你以為我是社工嗎？」我大嚷道。

「你若然放任不管，她可能會被控以更嚴重的罪名，判她終身監禁。」

「你打算將這起案件跟美國加利福尼亞州那件狗隻殺人案相提並論嗎？」

「我認為它有參考的價值，雖然案中的惡犬品種是好勇鬥狠的迦納利犬，我認為狗主的態度及動機是最重要的關鍵。」娜塔莎雙手交疊胸前，擺出一副專業的態度，語調嚴肅地說。

「嗯。」我搓弄著眉心，緩緩地坐下來。

「中國成都那件德國牧羊犬咬死小偷的案例應該會更為相近。」她的眼珠轉了一圈，隨即坐下來。

「好了，好了。」我把眉頭緊皺。「不要一下子將所有案例拋出來，好嗎？你認為我可以一瞬間就將資訊消化了嗎？」

「我還有其他例子給你參考唷！我就是說，平日的空閒時間，應該閱讀多一點不同種類的案例，就不用徬徨了。」

「對不起，老師。我錯了，請原諒。」我舉起雙手，表示投降。「可以說明一點成都那宗案件嗎？」

「小偷行竊被人發現，逃走時慌不擇路，誤闖入一座別墅的後院，卻不幸地被一頭德國牧羊犬咬傷致死。」

「狗隻沒有套上項圈拉繩嗎？」

「沒有。」

「沒有人阻止慘劇發生嘛？」

「別墅的主人外出了，只留下牠看守大屋。」

「狗的動機清楚明確。」

「死者家屬向狗主索取賠償十五萬。無論如何，林敏婷已經觸犯了危險狗隻條例。她任由寵物在荒郊野外隨處走動造成命案，足以令她賠掉一切財產了。」

「對。我們必須排除疏忽照顧，導致他人身亡的罪行。」

「行凶的動機……」她咕噥道，近乎自言自語。

「動機動機動機……」我邊抿嘴，邊呢喃道。「對了！」我突然大喊出來，雙手大力拍打枱面。

「對了，就是動機了！」

「林敏婷認為自己與秦銘沒有任何特殊的關係。」她一手拿起文件，眼珠左右快迅掃視內容。

「不是她。」我翹起唇角。「是伊芙。那隻黃金獵犬的殺人動機。」

她瞪大雙眼。「你懂得牠們的言語嗎？」

「我會好好嘗試學習學習。」
「要我替你找一位專家嗎？」
「你認識一些狗隻言語的專家嗎？」
「我認為跟一頭狗學習會比較正統。」
「你家中那隻是什麼狗？」
她翻一翻白眼。「你真的要了我的命，主人。雪納瑞，迷你雪納瑞。」
「對，奧狄斯。對不起，我會記住的。」
她揮揮手。「我已經習慣了。」
「如果牠咬死了你的鄰居，你怎樣辨呢？」
「假設性的問題我不會回答的。」她抬起頭，下巴對著我。
「你已經是一位專業的律師了。」我拍了兩下手掌嘲弄她。
「再者，奧狄斯是小型犬，要咬死一個人，那麼，他所用的力氣也足以令他虛脫致死。」
「法例就應該訂立不准飼養大型犬的條例嘛！那麼，我就不用傷腦筋去為了一隻狗而陷入苦戰。」我搔抓著頭皮。
「不過嘛，假若奧狄斯真的殺了人……」她把食指沾在雙嘴上。「我想不會為了動物的權利而向世人宣戰。畢竟，牠只是一隻擁有十至十五年壽命的狗狗，準不會跟我走到人生盡頭。」
「娜塔莎，你是那種理性主導的生物。可惜，林敏婷是那種以情感掩蓋過一切理智分析的類型。

所以，她絕對會以自己的性命來換取伊芙的生存權益。或者，她也參雜了不少亡夫的記憶情感。畢竟，伊芙是丘正毅遺下來的小生命。相信除了雪麗外，她什麼也可以犧牲。」

「既然不懂得牠們的言語，那麼，就從牠們的行為著手吧，主人。」

「嗯，好。」我閉緊雙眼，避免乾得發癢的眼球再受到風吹襲擊。「替我聯絡那位性慾膨脹的心理學家吧。」

第五章　吠叫

伊芙

每當我闔上雙眼，那幕恐怖的情景隨即湧現在我的腦海裡，揮之不去。

我知道人類過去的歷史，也出現人吃人的事件。

在原始時代，不論人類的祖先或是我們狗兒的祖先，也會將其他動物的皮肉骨頭做成食糧。原始人不會吃同一族群的人，可是敵對的組織就免不了成為刀下亡魂，成為果腹的營養品，或是向其他人宣示強勢的表現。原始狗跟隨原始人成為合作伙伴。他們給我們剩餘的腐肉，我們給他們看守保衛，提醒他們其他猛獸的入侵。

不經不覺地渡過了數百個世紀，人類懂得發明各種精密儀器，改善生活水準，並依靠機械，大大提升了日常活動的便利性。我們這些新世代的狗兒，就漸漸成為了人類的附屬品。

人類過往的陋習及迂腐的迷思，隨著科學的昌盛解開了重重的謎團。沒有了異端裁判所，沒有了巫師詛咒的荒誕學術。他們將道德觀念提升，令口中所說的文明得以鞏固在一定的程度上。的確，對

於人類族群，他們之間獲得了自由的解放，不過，他們所訂制的文明，並未對其他物種產生影響。

人類以外的活體，只要能夠放入口中嚼食，能夠被分解消化，各式奇異品種、各式器官內臟也可以端上桌枱，成為一道佳餚：鹿角有藥用價值；老虎的生殖器官能夠提升男性的性能力；海龜含有養顏滋潤的成份，令女性的皮膚更顯得白皙柔滑。

人類是地球上的主宰，為了生存，不斷獵殺各種物種來飽肚。手上沾滿了豬、羊、牛、雞、鴨、馬等等的血腥氣味。有些人受不了屠宰的場面，就尋找其他人的雙手代勞。

有需求才有供應。

若然不是大部分人都渴望血肉的味道，豈會出現各種畜牧及繁殖系統來達至滿足的地步呢？只是人類恣意放肆，找個滿足慾望的藉口。那些價值連城的珍品，昂貴得令人咋舌的東西，就是要編寫出幾個動聽的治療功效，強化體格，含有豐富營養的價值，才會誘發那些暴發戶的虛榮心，以競投的方式，以不合理的紙鈔數目，換取這一點只有手掌般大小的物品。

其實，人類心底裡清楚知道，自己的皮肉才是最有價值。我想，若然文明的規條不復存在，那些可怕的人，會以什麼來換取人的性命呢？有幾多剛出生的嬰兒，會在醫院內被偷走呢？販賣人口的罪犯，會透過什麼渠道來收集兒童的生命呢？

每一個族群，也為自己訂立了一套規條。狗的族群也有一套系統，處理不同品種、不同生物及人類之間的衝突。制度隨著時間、生態環境、演化而修改調整。唯一沒有變改的，就是對待人類的態度。

我們遵從祖先遺下的承諾，與人類相依相靠。一但尋覓到一位主人，就盡忠至死，無論順境逆境。可惜，人類的性情遽變，就連他們自己也無法適應。從前許下的諾言，已經不再生效。

世界上存在了一小部分的人，真心希望找到一個能夠讓所有生物共榮共存的位置。他們為了其他動物的生命及權益，不斷地抗爭，訂立一些動物保護法，避免受到人類的無辜傷害。然而，大部分的人都認為人類處於最高等的地位，不能與低等生物相提並論。法律，只是為人類服務，不應該浪費金錢及資源於其他動物身上。他們或許是正確的。自己族群也無法好好管理，就沒有這個必要去處理其他生物之間的紛爭及社會規範。

支持我們的一方、反對我們的一方、保持中立的一方……

他們各自的聲明，究竟是為了自己的利益，還是他們仍然眷顧著祖先立下的誓言呢？

當他手中的石塊砸下那副脆弱的頭顱時，竟然乍現出令我感到寒慄的笑容。馬卡斯已經失去了知覺，身體不停顫抖，倒臥在泥土上，哼出微弱的嗚咽聲，眼淚襟下。

難道他真的十分討厭我們這些狗兒嗎？他就是為了獲得這一刻的快感而處心積慮計劃出來的偽裝嗎？既然不喜歡我們，就應該爽快地解脫，為什麼還要繼續折磨他呢？難道他真的以為馬卡斯能夠清醒過來，跟他搏鬥或逃跑嗎？

我以為他只是專門擄拐狗隻的騙子，想不到他原來是一名變態狂魔。

我感覺到全身的毛髮已經豎直，皮肉已經包不住正在磨琢的獠牙。我知道這一刻，我要伸張正義；我知道這一刻，我要給他一個教訓；我知道這一刻，我要阻止他，以免其他同伴再受到性命的威脅。

我唯一希望的，就是所有人能夠像正毅及敏婷一樣，為了正義，為了真理，為了自己心愛的……

我不能等待人類的支援了；我不能冀盼他會覺醒了；我更不能奢望自己會原諒他的所作所為。我拔起四腳向前狂奔，眼中就只有一顆黑點，周圍一片耀目的光線，令我集中於一個目標上。所有聲音已經消逝，氣味亦變得稀淡。我感到所有感官的活動也停頓下來。

我知道了……

因為所有的力量也竄流集結於我的口腔內；因為所有力量的就凝聚於牙根及尖齒上。我終於知道造物者為什麼將最強大的力量賦予在狗兒的顎骨上，因為祂要我們利用它，將世間上一切的罪惡……

咬破！

張誌炫

我討厭跟那位變態的心理治療師碰面，就是腦海裡勾起這個人的名字，也令我毛骨悚然。

他不單有性癖好，行為舉止也古怪異常，更是一名精神支配者。最諷刺的是，他專注為心理變態、行為異常的人提供治療。

這個人總喜歡逕自登上事務所，闖進我的辦公室，向我諮詢一些法律意見，提出一些法例上既沒有列明的事項，且與某條法案有牴觸的奇怪例子，彷彿是為了測試我對香港法律大全的熟練程度，而刻意製造出一些難題考驗我。

我知道他沒有犯下任何罪行，亦沒有打算提出控訴。所有的問題都是為了他的客戶而設，為他的客戶提供一個安全的方法躲開法網，然後替犯人蓋上精神病的印記，逃脫一切罪行。他的目的就是為自己的客戶撰寫報告，建造出一個安穩的庇護所。

我從來沒有登門拜訪，亦沒有這個念頭。我在門外猶豫片刻，不斷在走廊徘徊，多次翻查指示牌號碼，確認自己沒有敲錯門。我知道總有一天，要拜會一下這位客戶，感謝他長久以來關照，也可以說是為了還給他一個人情。

我推開玻璃門，嘴唇還未張開，櫃枱裡的一位年輕少女隨即站立起來，「日安，律師先生。」

「日安，小姐。」我的頭禁不住誘惑，左顧右盼，雙眼不停地掃視著這間像高級會所的房間。桃木製櫃枱，黑色長皮沙發，牆壁貼上一塊一塊的柚木板覆蓋整個空間。地上鋪上墨綠色的地毯，天花板裝上一顆一顆細小的射燈，形成一條一條的曙光落在四周。

「龐醫師在治療室等候中。」她雙臂放在腹上，手掌交合，身軀微曲彎腰，有禮地道。

「我不是來尋求精神治療的。」我毫不忌諱地說。「可否到會客室跟他會面呢？」

「對不起，律師先生。」她勉強地擠出笑容。「我只能按照龐醫師的吩咐辦事。或者，你可以入內跟他商量一下。」

「好了……」我揮揮手，翻了一個白眼。「我自己處理吧。謝謝你。」

她連忙急步走前，替我推開那扇沉重的桃木大門。「請進內。」她保持含蓄的微笑，點點頭道。

一跨入門檻，治療室的外觀跟接待處的如同一轍。窗簾布把室外的光線完全擋住，燈光顯得特別昏暗。那位自稱為醫師的人，正臥在那張專為病人而設的躺椅上，戴上黑色的布眼罩，雙手放在胸腹上。

「你好嗎，傑森？」我表現出喜悅的神情道。

「嗨，拜倫。」他緩緩地把眼罩拉起來擱在額前，瞇著雙眼，瞥一瞥了我的臉龐，隨即從深啡色皮製的躺椅上滑下來。

「你正在接受心理治療嗎？」

他把眼罩脫下，走回到那張像流理台般大的長方形桃木辦公桌。「不。我正在思考著，該以哪那種方式應對你的突然造訪。」

「我不是為了找尋失去了的記憶——」

「當然啦！當然啦！」他打斷我的話語，舉起雙手，然後一屁股墮進黑色皮椅子上。「我知道我十分惹你討厭，所以你怎麼會跟我交心呢，對嗎，拜倫？」

我的臉色一沉，緊閉著雙唇，不發一言，走到他的對面，拉開椅子，毫不客氣地把屁股一壓在座墊上。

「喔！你要咖啡嗎？」他故意做出驚訝的神情。「你的樣子……有點憔悴……」

「你兼任算命師的工作嗎？」我伸出左手，將掌心對向他。「要分析一下我的掌紋嗎，大師？」

他拿起白色杯子，遞到唇邊啜了一口。「你要我撰寫一份心理報告給你的客戶嗎？」

「娜塔莎將事情給你解釋了一遍嗎？」我保持鎮靜。

「不，不。我就是騙她、誘她、喝罵她，她也沒有透露一點內情。」他繼續大口地喝著杯中的液體。「這是上等的鐵觀音。你要來一杯嗎？」他舉一舉杯子，另一隻手輕輕敲響瓷製的杯身。

「不用了。」我迅速謝絕了他。「我想討論一下……或者說是諮詢你的意見。」

他放下杯子在枱面。「是女性嗎？」

「我並不是那種對女性充滿慾望的人。而且……」我故意睨了他一眼。「我沒有什麼特別的癖好。」

「拜倫，你知道嗎？」他用食指及中指托一托銀色長方形眼鏡框架的架橋。「性，本來就是人類的命脈，不論男性或女性。」

「好了，傑森。我已經聽說過那套佛洛伊德的潛意識理論了。」

「坦白說，我認識不少的律師朋友……」

「我也認識不少心理醫師。」我還沒等他說完，就開始反擊。

「對。我也是這樣認為的。我挑選你的原因……我相信，其實你心知肚明的。你以為我真的敬佩你的技巧及知識嗎？」他故弄玄虛地說。

「不要拐彎抹角了。直接說出來會更討人喜愛。」我緊盯著他那雙輕佻的眼睛及向上彎曲的嘴角。

「我們為了名氣而捨棄了原則，違背了良心。」他雙手一攤。「簡單俐落嗎？」

「既然你已經撕開了臉上的面具，我也不妨攤開話題內的核心部分。」

「是為了女人，對嗎？」他把右手手肘撐在扶手上，掌心托住臉腮。

「不錯，是女性。可惜，不是人類。」

「嗯！」他揚起左邊眉頭，用力地哼出一聲。

「你沒有幻聽……」我擺出一副胸有成竹的姿態，下巴微微抬起，雙手交疊胸前。「我亦沒有患上精神分裂症。的確，她不是人類，而是一隻動物。」

他深深地吸了一口氣。「獸性化嘛，它是一種心理扭曲的病態現象。」

「我想我的神智十分清晰，沒有暈眩昏花。我能夠分辨出人類的外形與動物的軀體。」

他冷笑一聲，摘下眼鏡，搓一搓鼻樑。「請繼續說下去。」

「我希望你能夠幫我分析一下牠的行為舉止及動機。」

「哪一種動物？」他囁嚅道。

「黃金獵犬。」我簡短道。

傑森瞪大雙眼。「大埔林村梧桐寨那件凶案？」

我把身軀靠前，左手擱在枱邊。「似乎你已經跟有關這宗案件的人接觸了，對嗎？」

「的確……不過，他們的目標不是那隻黃金獵犬，而是牠的主人。」他拿出一塊藍色抹布，擦拭著鏡片。「所以嘛，你也是為了一名女性賣命。」

「我有一位賢淑的妻子。」

「林敏婷……」他一手扔下抹布，一手套上眼鏡。「外表冷酷的小美人，擺出一副女強人的堅毅態度。這是男人最喜愛的類型。」

「我們還是把注意力放回工作上，好嗎，醫師？」

他把雙臂放在扶手上，十指交合，不停左右轉動座椅。「你確定我會替你處理……那隻小狗嗎？你不認為閱讀人類的肢體動作及心理狀況會比較簡單嗎？」

「那位委託你辦事的人是死者的家屬嗎？」

「對不起。我必須遵從守則。」他聳聳肩。「還有，你知道人類行為學及動物行為學之間的區別嗎？我曾否向你簡介我的職務範圍嗎？」

「你不打算在事業上取得突破嗎？」

「我認為，我所撰寫的報告……我就是說，主審的法官瀏覽整份文件的內容後，可能會氣得發瘋，然後媒體就會將背後的一切揭發開來。換了我是你的話，我會立即放棄這個愚蠢的念頭，你呢？」

「傑森……」我翹起左邊的嘴角，語帶輕佻道。「你是沒有這方面的知識嘛？還是沒有膽量接受挑戰呢？」

「激將法嘛！」他冷笑一聲，隨即拉開抽屜，拿出一個裝得滿滿的透明文件夾。封套內的第一份文件是某個學位課程的證書。「只要我喜歡，什麼精神心理學、神經學、社會學、人類學或者是動物學，我也可以輕易地取得一個名銜。」

我一手把文件夾拿起來，上下翻了一下，睨一睨那堆證書的厚度。「他們給了你一個優厚的條件嗎？」

「誰也無法左右我的決定。我只會挑選一些我感興趣的個案來娛樂自己一番。」

「有否嘗過替動物輔導或分析一下牠們的思想行為嘛？」

「從來沒有。香港沒有人懂得動物行為學，而且，我對女性較為感興趣。」

「那隻黃金獵犬是雌性的。」

「給我一個理由說服我吧！」

「我與你……沒兩樣。」我以含糊語句暗示著。

「可以清楚概括一點嗎？」傑森的唇角顫抖了一下，強忍著笑容。

「虛榮心。」我簡短道。

「虛榮心。」他重覆道。

「從其他領域上贏得成功感。」我接著說。

「嗯。」他閉上雙眼點點頭。

「還有慾望。」

「你不能把我推出法庭作證人。」

「你只為我編寫報告嗎？」

「因為我不是什麼動物學的權威。」

「你的意思是你會找個人代替你的位置，卻能夠使用你的分析報告，對嗎？」

「對啊！你看看吧，我們的腦袋都裝滿了壞點子。」

「真榮幸……」

「我會給你介紹一位動物行為學家。你就好好跟他溝通一下。當然，我仍然是你的主要諮詢人。」

「你打算繼續為另一方人物提供協助嗎？」

「我就是說過，職業操守。我不希望履歷表上沾有污跡。」

「對。」我冷笑一聲。「職業操守……選擇性的……」我咕噥道。

「另外，我有一道疑問。」他的食指不停輕輕拍打嘴唇。「那份報告的主要用途，並不是為了替那隻狗脫罪的，對嗎？因為當牠張開大口咬下去的一刻，結局早已經被安排好了。你不會為了毫無意義的事情而大費周章。我認為，你的主要目的，就是要為林敏婷洗脫那些不利於她的證詞。我說得對嗎，拜倫？」

「我需要的是一鳴驚人的效果。一場震撼司法界、平民百姓也感到嘩然的表演。」

「有什麼鬼主意嘛？」他語帶輕佻。

「我要把牠帶到法庭上去。」我嚴肅地道。

傑森沉默不語，緊合雙唇，眼珠動也不動盯著我，整個人愣住。不夠半分鐘，他撐開口，就像引爆原子彈一樣，發出巨大的笑聲，響徹整個房間。

「不錯吧……」我對他的態度有點遲疑。

「有意思……有意思……」他邊咯咯大笑，邊拍手掌。

「對於你來說，有參考價值嗎？」

「我不太熟識法律上的程序……」他用手指擦拭眼角滲出的淚水。「你要說服那位坐在法庭最高位置的人，又或者他的腦袋跟我們一樣的……壞。」

「只要有足夠的理據。」

「那麼，報告要撰寫得煽情一點，切實一點。你是這個意思嗎，律師先生？」

「相信我。你絕不會為了這起案件而感到悔疚及懊惱。」

「這個嘛……」他抿一抿唇。「就看看事情的發展吧。不過，我敢肯定，所有涉及這宗案件的人，腦袋也會因此產生極大的變化。」

「呃，你知道傑森這個名字的意義嗎？」我突然想起一道問題。

「你有什麼見解呢？」

「治癒傷口的人。」

「我早就知道了。我不會無故替自己加上一個無聊的暱稱。」

「真的嗎？」我刻意扯高嗓音道。「那我就放心給其他人推薦你這位醫師了。」

「這算是你給我的一些好處嗎？」他瞄一瞄手錶。「好了，今日到此為止。收費方面，我會將結單寄到你的家中。」

我站起身，伸手右手。「合作愉快。」

他微笑著，輕輕推開座椅，站立起來，整理一下身上的服裝，然後伸出右手，有力地握緊我的手掌。「合作愉快。」

伊芙

口腔內充滿了血腥的味道，不論牙縫隙、舌頭、牙根、肉壁、甚至連顎骨也滲出了怪異的感覺。雖然相隔了數天，這種苦澀味仍然殘留，就算是清澈的白開水及食物的各種甜鹹苦辣也無法掩蓋它。

我沒有判斷錯誤。那個人的靈魂應該早已經死去，軀殼釋放出邪惡的費洛蒙，體內流動的液體亦散發出腐臭味。

我的突襲非常成功，因為他沉醉於享樂，忽略了對周圍事物的警覺性。

我對他狂吠猛吼，他卻咬緊下唇把應該痛得發麻的傷勢抑壓下來。我清楚知道他沒有大呼求救的原因，就像小偷潛進別人的房屋內竊取財物金錢的行為一樣。因為心中有愧；因為觸犯了法例；因為自己的行為不能公諸於世。

我把他撲倒在沙泥上，他卻沒有屈服於我的獠牙之下，仍然拚命反抗，對我拳打腳踢，不停抓挖地上的碎石泥塊扔向我。不過，他的攻擊對我起不了任何作用，只要導致體力不斷下降，掙扎也變得軟弱無力。

我鬆開口，向後倒退幾步，跟他保持一段距離，尾巴僵硬地舉立起，背部毛髮豎直，四腳畢挺，身軀微微往前傾，嘴唇蹶起，露出尖利的牙齒及牙齦，鼻子皺起，額前緊繃起來，然後一步一步向後退至馬卡斯的身旁。

那個人的衣服襪子也被自己的液體染上了污跡，臥在地上，手肘撐住軀體，把頭抬起，急速地喘著大氣，瞳孔放大，如石頭般盯著我，臉上流露出驚嚇的神情。

我保持住強勢的姿態，向他表示出我對他仍然存有某程度上的威脅，不過當我一瞥見馬卡斯的軀體，立即癱軟下來，禁不住哼出嗚咽。

馬卡斯已經動也不動了。身體浸沉在一灘血泊上，雙眼睜得大大的。頭頂、臉頰、頸脖也被磨破，露出血肉及碎裂的骨頭。我靠近他，嗅一嗅，禁不住再哀鳴。現在我唯一能夠做的，就是用舌頭舔舐他的臉腮，作為我對他最後的敬意。

杜賓犬是一種令大小型狗隻都敬畏，甚至連人類也要避而遠之的犬隻。馬卡斯的樣子十分兇狠，卻是一隻膽小如鼠、善良溫馴的優秀狗兒。他不喜歡打鬥、爭吵，既忠於主人，且懂得逗人類小孩喜愛，更帶給我們一眾狗兒歡樂。

如今，馬卡斯得到了什麼的結果呢？

我舔一舔他那隻斷缺的耳朵。人類把狗兒的外表裝扮得兇猛駭人，究竟是為了什麼呢？如果他的主人願意花費多點時間，鍛鍊他的膽量，教導他不接受陌生人的引誘，這不是更能夠保障他的性命，讓他懂得保護自己嗎？

我愈想起人類種種的膚淺無知的行徑，愈感到憤怒。不過，我真的太大意了，一時忘記了正毅的格言：在任何危機未脫離時，不可鬆懈半點。

當我警覺起來，他已經拿著巨型的石塊，鬼鬼祟祟地接近我，拉起雙臂，向我投出武器。我沒有為任何舉動做好準備，四肢牢牢地抓住沙泥而變得遲純，唯一的反應就是向後躍跳。我只能瞪大雙眼，凝視著其中一塊石頭落在我的左腳旁邊，另一塊石頭卻重重地擊中我的胸口。

我在地上滾了一圈，禁不住哼出連串的急叫呻吟。這是一種恐懼及痛苦的反應，聲音信號告訴我必須逃離打鬥，然而，憤怒的情緒掩蓋了理性的分析。

他打算把我殺掉；他沒有為馬卡斯的死感到一點兒悔疚。他選擇繼續進行殺戮，不放過我們這個族群；不放過任何一隻令他感到興奮的狗兒；不放過一個足以令他滿足自己欲望的機會。

我不會猶疑，亦不會退避，我再次堂堂正正擺出攻擊的姿勢，從胸腔發出一道充滿惱火的低沉吼叫聲。突然，我腦海中閃現出那名強姦犯被咬斷下體的一幕景象，再瞄一瞄馬卡斯被轟得稀爛的頸脖。

以其人之道，還自其人之身……

天下間的惡棍，你們不需要接受法庭的審判了，就由我的獠牙去裁決你們所犯下的罪行吧！

第六章　哀鳴

張誌炫

根本不會有任何生物願意停留在這個地方。每一片角落也充斥著尿騷味，透過壓逼空間內的僅存空氣不斷循環流動，而且蘊含了各式各種的難聞氣味。

「你們多久才清洗地方一次呢？」我皺緊眉頭及鼻子。

領前的那位身穿制服的男子，帶上口罩，模糊地咕嚕道：「視乎情況而定。」

「那麼，現在應該立即就進行消毒……徹底地……」我禁不住掩住口鼻。

「你的家裡不是也有這種氣味嗎，張先生？」林敏婷語帶埋怨道。

「你會讓伊芙與大小便共處一室嗎？」我指一指其中一個鐵籠裡的惡劣狀況。

「沒辦法照顧每一頭動物喲！」男子沒有轉頭，繼續向前走。「人手短缺，我們無法滿足牠們的需要。」

「你喜歡這個工作空間嗎，管理員先生？」

「我要怎樣才能給你一個滿意的答案呢？」他邊閱讀手中的文件，邊檢查吊掛在鐵籠支柱條上的號碼牌。

「哦，我明白了，謝謝你！」我刻意裝出認真的語調。那名男子似乎沒有察覺到我的語句帶有調刺的味道，不過林敏婷卻猛然轉過頭來，向我目怒而視。

「你們怎麼能夠放任具有危險性的動物在大街窄巷上亂跑亂撞呢！你們是何等不負責、不稱職的主人喔！而且，你那隻寵物更咬死人。如此恐怖凶狠，應判以人道毀滅。」

林敏婷沒有哼出一聲，繼續默默低頭前行。我追隨著她的背後，無法窺視這一刻她的臉部表情。

「你知道嗎，管理員先生？黃金獵犬並不列入法律條文上提及的惡犬品種。」雖然我對伊芙沒有什麼好感，卻無法容許愚昧的人隨便罵人。

「殺了人，就是壞東西。」他反駁道。

「假若德蕾莎修女把希特勒刺死。那麼，她算是壞人嗎？」

「怎麼可以將畜牲跟人類相比較呢？」他猛烈轉頭，揚起眉毛。

「我認為好與壞這兩個形容詞，適用於所有物種的身上。」

「我的年紀比你們倆都要大，人生閱歷比你們倆都要豐富。」他緩緩地搖了兩下頭。「你們無法體會箇中的道理，就連對與錯也未能辨識。這樣子活下去，你們會成為破壞社會安寧的人。」

「我認為無知才是社會制度崩潰的重要元素。」我壓低聲音，自言自語。

「伊芙！」林敏婷突然大喊。「我聽見伊芙的聲音！」

我苦笑著，搖搖頭，皺起眉心。「麗莎，我只能聽見高中低音調大混雜的吠叫聲，吵得令人心煩意亂。」

她沒有理會我，反而加快腳步，越過管理員，領頭尋找伊芙。

「等等，小姐！」管理員咆吼道，伸出手想把她停住，卻抓住了空氣。「你不能夠在這個地方亂跑喔！」

敏婷急速走前，向右拐了個彎，失去影蹤。

「嗨！」男子怒吼，拔起雙腿追趕她。

「慢走！可以嗎？」我喊了一句，可是他們已經離我而去。「欲速則不達……」我在這個嘈雜的環境裡咕噥著，無奈地將步伐的節奏抬高，尾隨他們的身影。

轉過彎角，就發現林敏婷蹲在一個大鐵籠前，與被困在內的一隻黃金獵犬竊竊私語。

「先生，你真的要好好管教你的妻子唷？」管理員站在林敏婷背後，有幾步之距。

「我是他們的律師。」我澄清身份。

「動物也需要律師保護的嗎？」他表現出極之詫異之神情，瞪大雙眼道。

「我們不是為特定的某一種生物而生存的。我們保衛的是公義。」

「就是說，這位小姐是富戶人家嘛！」

我禁不住冷笑一聲。「你似乎不太理解我的意思。」

「我明白唷！你們就是那些身穿黑色長袍，專門為揮霍無度的人家解決麻煩的知識份子嘛！我清楚知道你們的工作範圍唷！」

「真榮幸呀！」我扯高嗓音，語帶嘲弄。「你是從什麼渠道得知我們專責的工作呢？」

「電視上嘛！你們這群專業人士不時協助有錢人爭奪成千上億的遺產糾紛案。你應該也從中獲得不少好處，對嗎，先生？」

「新聞報導上所提及的，只是冰山一角的事件。」

「電視台的連續劇上演了不知多少幕相類似的情景。」他搖搖頭，嘆嘆氣。「我們這些低下階層一生也活在困窘境況中，你不會明白我們是如何在這個殘酷現實的香港社會掙扎及委曲求存。」

我睨了他一眼，苦笑了一聲，盡量把聲音壓低至自己也聽不到。「我就是說，無知愚昧的思想侵佔了這個社會上大部分人的腦袋……」

「請問可以放牠出來活動一下嗎？」林敏婷把頭轉向男子，雙手仍然伸進籠內，撫摸著伊芙的軀體。

「沒有這項規定。」

我凝視著鐵籠內那隻前掌撐住鐵枝，濕滑的舌頭不停地舔舐著林敏婷，尾巴猛烈擺動得快要甩掉的黃金獵犬。我未能從牠的外觀確認牠的身份，因為牠的毛髮不再閃亮柔軟，軀體瘦削得肋骨也突顯出來，雙眼失去了神采，黑色的皮革鼻子十分乾燥。

我不禁為伊芙的現狀愣了一愣。短短數天，牠變成了一隻在街頭流浪的犬隻。「請問你可以給我看一看這裡的日常生活時間表嗎，管理員先生？」我抑壓住一點惱火。

「不知道啊！我不是負責這個的呢！」

「那麼，你的職責是什麼呢？」

「我只是按本份辦事。」

「什麼按本份辦事呢？是什麼意思呢？」我的臉頰開始發熱發紅。

「我只是依從上級的吩咐工作。」

「你連自己需要做什麼也不清楚嗎？你在這地方工作多久了？」

「十年多了。」他感嘆道。「一直以來待在這個職級，既薪酬低，且工作量大……」

「你能夠把牠放出來，不管一兩分鐘也好，給他們相聚。不可以嗎？」我沉著氣問他。

「我沒有這個權力……」

「我可以找哪個職員商討一下呢？」我接着說。

「不清楚啊！你可以試試走進辦公室內問一下其他職員。」

「你在這個機構工作了十年，對不對？」

「對啊！」

「竟然也不知道內部運作模式？」我雙手插入褲袋。

「我只是按——」

「本份！對嗎？」我打斷他的話。「謝謝你！你繼續做那份薪酬跟工作量成正比的職務吧！」我揮揮手，猛然轉身，禁不住哼出一聲。「去你的。」

我怒氣沖沖地走到辦事處，抓住一位在櫃枱前工作的年輕女士。「不好意思，小姐。」我彎下腰，雙臂擱在枱邊。「請問我可以借閱狗舍內的日常生活時間表嗎？」

「日常生活時間表？」她瞪大雙眼詫異道。

「對。」我點一點頭。「就是被困在狗舍內的犬隻。」

「我們不是什麼愛護動物協會之如此類的組織機構。被送進狗舍內的動物，並沒有自由活動的權力。」她雙手調整一下紅色圓形眼鏡框架。

我抽了一口大氣，強忍住喉嚨內熾熱的火焰。「那麼，負責管理狗舍職務的員工工作時間表呢？」

「這個當然有啦！」

「可以給我覽閱一下嗎，小姐？」

「這是政府文件，只供內部參考。」她垂下頭，不斷地前後翻閱枱面上的文件。

「我明白了……那麼，我可以入遞有關的申請書嗎？」

「對不起。」她仍然低頭，眼珠移向上方瞄了我一眼。「工作指引細則內並沒有列明有關的規例。」

「妳的意思就是妳沒有決定權，對不對？」

「也可以這樣說。」她托一托眼鏡框架。「就算你詢問其他職員，他們也給你相同的答案。」

「誰有權力不用按照工作細則行動及辦事呢？」

「總部。」她簡短道，然後視線轉回文件上。

「可以給我聯絡方法嗎？」

「先生，你不能夠直接跟他們聯絡的。」

我深深吸了一口氣，讓自己冷靜下來，繼續道：「要通過你們去傳達訊息嗎？」

「對。如果你真的需要提出疑問，請你寫下姓名及手機號碼。」她隨手在旁邊的紙堆裡抽出一張，遞到我的端前。

「何時才能夠給我一個回覆呢？」我邊寫邊問她。

「不清楚。他們會致電給你。」她擺出一副事不關己的表情。

「需要四五天時間嗎？」我停筆，猛然抬頭盯緊她。

「有可能。視乎情況而定。」

「簡單的一道問題，也要經過重重關卡嗎？」我禁不住喊叫出來。

「根據程序，是這樣子的。總部的人手也比較吃緊，可能要花多一點時間，才能處理個別案子。」她被我的喝罵聲嚇了一跳，頓時將焦點再次落在我的身上，而且變得誠懇親切。

「不需要幾天的時間，我的狗已經死在燻臭的籠子內了。」我把筆扔在枱上。

「請放心，先生。若然真的不幸地，你的狗兒死了，我們會派專員跟你聯絡的。」

「服務真周到！」我拍拍手掌，為他們的智慧喝采。「你們可以安排人手打掃一下狗舍嗎？」

「工作人員會按照時間表上的記錄行事，好好處理及執行職務。」她的聲音有得顫抖，誠惶誠恐地回答。

「每日清洗一次嗎？」

「不。每週一次。」

「每週？」我瞪大雙眼，撐大喉嚨喊道。

「對。每週。」

「你會任由便溺在地上留下污跡嗎？你會放任蟲蟻烏蠅在你的居住處隨意活動嗎？」

「對不起，先生……」她帶著尷尬的語調道。「我的家中沒有飼養寵物。」

「我無法在狗舍內正常呼吸。不要說是人類了，就連狗也無法忍受。現在，你可以找個人去把那個垃圾崗整理一下嗎？」

「對不起……我們只能依從時間表上——」

「按照約章工作，對嗎？」我早已預知她的答案，沒等她說完，就打斷她的話。

她點點頭。「嗯……」

「請問工作指引內有列出有關辦公室內的飲食規限嗎？」

「什麼?!」

「當你感到饑餓時，會向總部通報一下，等待他們的回覆後，才離開崗位去找食物嗎？」

她瞪大眼睛，張開大口，卻沒有哼出一點聲音。

「我想文件內應該沒有清楚說明，對嗎？」

「這個嘛……先生，當你有需要時，就會——」

「對！」我打斷她的話，一手拍拍，然後把紙張搓成一團。「就是有需要之時！謝謝你的答案！」說罷我揮抽而去。

工作和處事態度註定了你一生的命運。

我無法想像那些只會安守本份、平穩度日的人，只會默默地等待被某位官員挑選中，擢升至高階職位，坐進管理層的辦公室。他們無法負擔重任，亦不願意許下承諾，事不關己，諸事不理。

社會上有一群人對現今制度、政治施法極度不滿。他們透過不同的溝道訴求改革，卻從不提出任何具有建設性的意見及理論，只懂得埋怨，發洩出種種負面情緒擴散至各個社區地域。他們對某階層發出怒吼，認為他們既有能耐，又有財力，卻不願意向社會付出一點貢獻和捐贈，自私自利，不體諒其他人的困窘境況。

另一階層的人藉著憤世的宣言，混水摸魚，以同一樣甚至更頹廢的態度，對待別人、處理工作事務，卻懂得善待自己，然後以這種低級的態度生活，不求變、不進取、不妥協。說穿了，其實是好逸惡勞，隨便套用別人的思想，排除不利自己的理論，保存住適合自己的規則，將責任推卸得一乾二淨。

對於這種人，我就只能表現出憤怒。他們選擇以這種方式生活，就必定會對身邊的人造成影響。唯一冀盼他們會有醒覺的一刻，否則，我情願沒有朋友，也不樂意跟這些人打交道。這種人一個也嫌太多了。

我返回那個像地獄的狗舍，走到林敏婷的背後，跟眼前那隻青春不再的黃金獵犬打招呼。「哈囉，伊芙！」

牠的前掌在鐵枝上移過一步，後腳移往右邊兩步，向我吠叫了一聲，尾巴猛烈搖擺。

「為什麼牠會如此憔悴呢？管理員先生，你們給牠了什麼東西？」

「沒有喲，先生！」他惶恐地喊道。「牠什麼東西也不吞下肚去，我也沒辦法啊！」

「是我的錯……」林敏婷的聲線變得顫抖。「是我教曉牠這些無聊的瑣碎事……」

我窺視她，發覺她的臉龐印滿了淚痕。

我沒有安慰她，也沒有勇氣鼓勵她一下，因為我感到害怕。我害怕瞧見別人落淚，因為我感到愧疚。每一次，我都嘗試將視線移開，裝作看不到；嘗試把耳塞深深地塞進耳孔內，裝作聽不見。可惜，我清楚知道他們是為了什麼而聲淚俱下。

我埋沒了良心；我欺負了弱小；我無能為力……

林敏婷讓眼眶內的泉水隨意釋放，雙手卻不願意離開伊芙的軀體半吋。

我希望為她做一點事情。「請問可以讓我們給牠餵飼食物嗎？」

「還未到送餐時間唷！」

「可以早一點送來嗎？」

「沒有這個規定喲……」他煞有介事道。

「好了！好了！」我搖搖頭苦笑道。「按照約章工作，對不對？」

「嗯……」他點點頭。

「那麼，麻煩你通知負責的職員，當食物送到狗舍時，可以將它交給我們嗎？我們會在辦事處內等候，依照你們的時間表行動。這個應該跟工作指引細則沒有任何牴觸。可以幫個忙嗎，管理員先生？」

他瞥了一眼林敏婷及伊芙，然後點點頭。「可以。只要你們不要四處亂逛，逗留在辦公室內。」

「十分感謝你，先生。你剛剛做了一件值得令人敬佩的事情。」

伊芙

我等到了！敏婷終於來探望我了！

這幾天，我心急如焚，冀盼能夠瞥見敏婷的身影。饑餓的眩暈感覺極之難耐，不過她的出現，令我忘卻一切痛苦，回復朝氣。

她為什麼哭個不停呢？我不太清楚，可能久別重逢令她高興不已。

敏婷應該好好珍惜我們短暫的相處時間，開開心心一起渡過。雖然雪麗不在，也幸好她沒有闖進這個弄亂的地方，否則會把雪白的小公主塗上黑點。我相信我服刑期滿後，洗淨身上的污垢才跟她來個擁抱會比較好。最讓我感到驚訝的是，假面人跟隨敏婷前來探訪。

縱然我與他不太相熟，甚至有點兒討厭他，好歹也要表現出我的友善及教養，給他一個好印象，熱情地歡迎他。或許，在這段時間，他會替我好好照顧敏婷及雪麗。

我承認，當時血絲已經遮掩了雙眼的視線，沖昏了頭。雖然他拼命掙扎，想把我拉扯開，我卻沒有試圖把他的皮肉撕下來，更沒有打算把獠牙插至更深的位置。

其實，只要他放棄頑抗，我就會立即停止攻擊。最終他倒在地上，嘶啞地喊叫求救，四肢不斷顫動，雙手緊掩著頸側位置。我退開移後幾步，瞥了一眼動也不動的馬卡斯，再瞄了一瞄仍然不斷在沙泥上磨礸的惡人，然後頭也不回，轉身離開。

我走到瀑布下讓清徹的泉水洗淨身上的污穢，阻止邪惡的液體滲透進我的皮膚，侵蝕我的軀體。壞人已經受了應得的刑罰。

我帶著輕鬆的步伐返回敏婷身邊。我以一貫的笑容，半瞇著雙眼，伸出長長的舌頭，喘著氣，四肢佇立在她的端前，水滴從身上不停地淌下來。她被我身上一撮一撮鬆兮兮的毛髮嚇呆了。她瞪大圓渾的雙眼，向我進行大審判。

當然，我沒有坦白招認一切，極力壓制住尾巴的舉動，以免洩露出半點訊息。她沒有責怪我，亦沒有懲罰我。

她從來沒有。一次也沒有。

因此寵壞了我……

翌日的新聞報導，令我的腦袋頓時空白一片。

那個壞人竟然被發現陳屍於荒野上，失血過多致死。

我從來沒有想過要殺人。

誰會想頸項上的大動脈是致命的要害呢？只能怪自己沒有好好學習各種知識，才弄至如此境況。

那一刻，我無法安靜地趴在沙發上，四肢必須動一動，腦海必須重新整理那一幕的情景。我愈在屋內徘徊，愈感到忐忑不安。我知道必須找方法讓自己冷靜下來，不能夠讓敏婷看出端倪。就在她回家前，我尚有數小時的時間，想想自己的過去，想想自己的未來……

第七章 共鳴

張誌炫

心理變態的人總是擁有怪異的能耐。

我仔細地瀏覽報告書的每一章節、每一副題、每一項數據分析，令我不自覺地開始觀察克雷孟特的日常舉動，甚至對牠起了戒心。這是一本專門研究狗隻的心理及生理行為的書籍，就算是將它列為教學課本也不為過。唯一令我感到不太滿意的，就是他所「推薦」的那位動物行為學家。

他年約六十，一堆灰色短髮參雜了不少白絲，配搭鼻樑上的一副金色眼鏡和啡白色條紋襯衫，就覺得他是那種墨守成規的老頭子。一般人可能會被他蒼老的臉容及刻板的語調騙倒，認為他是一位名聲不錯的學者或醫師，曾經治療過無數的奇難雜症，發表過不少具有爭議性的理論。不過，當他那片厚厚的雙唇張開合攏，說出一些含糊不清的用詞，一切希望就會幻滅。

「先生，你已經詳細參閱了整份報告嗎？」

他的眼鏡滑落在鼻樑的中間位置，雙眼就像偷窺者一樣，從縫隙瞄了我一眼。「請叫我謝醫

師。」

我的心裡不禁咒罵了一聲，臉上卻強擠出笑容。「謝醫師，傑森已經跟你商討過了嗎？」我煞有介事地道：「就是那件事……」

「你是說龐醫師嗎？」他的視線仍然落在厚厚的報告書上。「嗯。我瞭解過了。」

「可行嗎？」我試探道。

「還可以。不過香港沒有這種案例，而且……」他把眼鏡托回至水平視線位置。「這未免太過荒謬了。任何一位法官也絕不容許……」

「就是需要你去說服法官。」

「假若法庭回絕了這項要求，報告就會成為廢紙。至於內文所提及的論調及推測，可以作為證言或參考嘛……」他揚起眉毛，右手搓弄著下巴。

「沒關係。」我做出迅速的回應。「就算失敗了，也可以申請為參考資料。」

「會影響我的專業資格嗎？」他從眼角瞟了我一眼。

「你與傑森應該有過不少「合作」的關係吧，對不對？」

「對的。」

「你們都清楚知道它存在的風險。既然你接受這項任務，就應該預算了最壞結果的出現。」我攤一攤開手臂，放軟身體，向後靠往背墊。「當然，你可以再考慮清楚，我不會強迫你就範。然而，一但決定處理這案子，你就必須遵從許下的承諾。」

「我明白的。」他遲疑片刻，繼續道：「你開始蒐集證據……我指的是報告書內闡述的假設性事項。」

「這是我下一步的行動。」我胸有成竹，翹起二郎腿。

「我認為這是唯一的動機。然後要利用傳媒的力量……」他煞有介事道。

「當整合了相當的資料，我會採取更積極的策略。」

「另外，你有聽過一隻黃金獵犬叫阿柑的故事嗎？」

「有。」我用力地點頭。「牠咬傷了主人的家庭成員。不過，那件案子會比較容易處理，只要所有人包括傷者，他們達成一致的意向，就可以拯救牠了。」

「其實，牠的動機更引人關注，雖然無法正確判斷及分析牠的思想行為。」

「當時應該沒有任何動物行為學家為牠評估心理狀況。」

「沒有。牠保護同伴的意識超出了一般人所認為狗隻的智商程度。」

「嗯……」我抿抿唇，食指不停地在嘴上游動，腦袋開始重新整理證據，擠出一些空間，讓阿柑的故事插進這件案子內。「可以詳細一點描述牠的背景嗎？」

「嗯。」謝醫師緩緩點頭，站起來，走到放滿數百本書籍的桃木櫃前，蹲下身，在最底層的架上抽出一疊厚厚的文件夾。「香港是一個自由的社會，各項法律條例也清晰地列出指引。不過對於動物嘛……」他咕噥道。「當然，法典上亦賦予各項定義，例如必須為狗隻植入晶片、絕育、虐畜等等，只不過有關部門沒有嚴格執行。」

我凝視著他在書櫃前不停地翻攪著文件夾，嘴巴卻像老人一樣喃喃嘸嘸地誦讀經文。

「喔！找到了。」他迅速扔下文件夾，揮動著手中的一張紙，然後站起身，左手握拳搥了幾下腰背位置，走到我的身邊，把那張紙放在枱面。

我一手抓住紙張，發現是由幾份報章剪下來拼湊成的影印副本。

「牠出生於澳洲，先後有四戶人家收養。曾經被遺棄在一家狗場內遭到職員虐打，受到其他狗隻欺凌。」謝醫師雙手放在背後交握住，在房間內來回踱步。

「所以牠對於暴力行為感到厭惡，甚至反感而做出威脅性的舉動嘛？」

「我認為是這樣子的。」他轉個身走回自己的座椅上，十指交合，手肘擱在扶手上。「就像幼兒時期遭遇暴力虐待或性侵犯烙下的陰霾，導致成長後，行為變得怪異，性格獨僻，甚至會導致人格分裂。」

「就是多重人格障礙，對嗎？」我開始對他提出的話題感到有點興趣。

「後來，一對情侶把牠收養，卻不幸地展開了一連串極具自衛性的攻擊行為。」

「即是說，牠有傷人的前科。」

「很多人也把注意力集中在牠的行為上，卻沒有人嘗試調查那對情侶對阿柑所做出的舉動。」

「那對情侶不時虐打阿柑？」

「我不太清楚。他們沒有說自己的壞話，而且在這種情況下，為了逃避責任，他們只會將所有責任推卸給他們稱之為寵物的犬隻。原因很簡單……」他聳肩肩，無奈地搖搖頭。「因為牠無法為自己辯護。」

我苦笑了一聲。「這是十分正常的思維方式。我們這些律師的存在，就是為了替嫌疑犯開脫罪行，把自己原有的一點責任也推卸得一乾二淨。那對情侶所面對的，是一隻只懂汪汪吠叫的黃金獵犬。若然不把牠成為欺負的對象，還要向大眾傳媒赤裸裸地說出真相，就會被世人恥笑為最愚蠢的人了。」

「我認為，只要稍微認真瞭解一下犬隻的一舉一動，瞭解一下牠們向人類表達出的各種情緒，大部分的傷人事件是可以避免的。狗隻需要訓練學習，同時間，人類也應該好好管教一下自己。」

「謝醫師……」我開始對他有點改觀，不是因為雙眼已經習慣了直視他的容貌。他所提出的論點，的的確確，在腦袋內進行了思考、研究、分析，然後以嘴巴將它演繹出來。每一字一句不單充滿客觀性，而且睿智、有條理及具有批判性。「你的家中有飼養寵物嗎？」

「沒有。」他搖頭。「因為我所住的大廈內訂立了一些無聊的規條。」

「你日常的工作是為動物治療各種病症嗎？」

「對，差不多啦！」謝醫師尷尬地笑了一笑。「就是比一般的動物診療所涉及的範圍更廣。」

「糾正牠們的異常行為，對嗎？」

「嗯。還有牠們的心理疾病，例如強迫症、抑鬱症、狂躁症等等。一般人類有機會罹患的疾病，狗隻也有可能確診。因為犬隻的腦部運作跟人類極為相似，就是什麼血清素、多巴胺等等化學傳導物，也在牠們體內擔當情緒調節的作用。」

「那麼……這個……」我抬一抬起下巴指向枱面的報告書。「是兼職嗎？」

他的臉容表現出繃緊的神情，左邊嘴角不其然地翹起，跳動了一下。「我沒有龐醫師那種縝密的思維。他能夠將自己的一套理論，撰寫成一份具權威性的研究報告。就是這種能耐，他能夠在人類心理學領域內屹立於一個舉足輕重的位置上。」

「他有點自戀的病態。」

「出色的人都有著怪異的脾性。他越過界線，並不是希望能夠接觸到更廣的範疇。他只是想告訴在這個領域裡的專家學者，所謂的天賦才能，是沒有任何地域界限的。」

「你呢，醫生？」我莞爾一笑。

他睜一睜大雙眼，托一托眼鏡的臂架。「怎麼將焦點轉移至我身上呢？律師先生，我不打算接受你的盤問唷！」

「對不起……」我的雙眼迅速在枱面掃視，瞥見一疊厚厚的名片放在金色炫目的鐵框上。「……艾文。你不介意我這樣子稱呼你吧！」

「隨便你，拜倫。」他揮一揮手。

「這場官司可能會是一場持久戰。我希望我的搭擋能夠彼此瞭解多一點；認識多一點；互相信任……多一點。」

他倒抽了一口氣，雙手輕放在鼓脹的肚皮上。「法律可以保障人類的權益嗎？」

我的雙唇緊抿著成一條線，保持緘默，因為我知道他將會說出那些我也深感認同，卻無法辯駁的真理。

「你認為法律可以維護動物的生存權利嗎？你應該十分清楚答案了，對嗎，律師先生？我選擇以這種途徑去幫助共同生活在地球上的弱者，因為我沒有足夠的智慧去為牠們討回公道。坦白說，你也不是以這種手段去進行交易嗎？說到底，就是為了獲取最後勝利。傑森、你與我，同樣在這個灰色地帶遊走。」

我的雙眼緊盯著他，他卻完全沒有逃避我的目光。

他接著說：「如果，你認為法律系統是完美無暇，會找傑森幫忙嗎？會按照他的計劃行事嗎？更重要的是……」他把軀體靠前，胸膛抵住枱邊，手臂交疊擱在枱面上。「今天，你不會坐在這裡跟我談話。」

我仰頭大笑。「我以為你只是擁有一般人的思維邏輯。想不到，你的目光比我更遠大。你曾經「代表」龐醫師處理過的案件……有成功例子嗎？」

「沒有，很可惜。我的失敗率是百分之一百。」

我的嘴唇咧得更開，眼睛差不多成了一條縫，禁不住拍拍手掌。「你認為這起案件有勝算機會嗎？」

「沒有。」他簡短且迅速回答，連腦袋思考的時間也省回。

「與我的想法一致。」

「傑森告訴我，你的目標不是那隻黃金獵犬……」他揚起眉毛，雙眸瞄了我一眼。

「那個變態狂完全沒有職業道德。」我噘著嘴，咕噥道。

「他說，你的家有一頭鬥牛犬。」

「他有否告訴你我家有嬌妻嘛？」

「這個嘛，我早就知悉了。」

「我不停翻閱報告書，尤其瀏覽到一些有關犬隻特徵的資料分析，然後瞥了一眼家中的笨狗，我就是無法相信牠們竟然擁有高度的智慧及意識。重覆審視報告書的次數愈多，對這場官司的信心愈減。」

「每一品種也有其獨有的特徵。只是你把牠們幻想成卡通片裡的角色，就如人類一樣擁有能力、技巧、智慧、性格的高低之分。我們應該是發掘牠們的優點，並不是挑剔牠們的短處或缺陷。」

「我應該查閱更多有關狗類的書籍，才能夠充分理解報告書裡的內容。」我搓撫著下巴，呢喃道。

「你應該找一些行為學的書籍。」艾文更正我的觀點。「市場上的一般書籍是教導人類如何飼養寵物，大部分更是由擁有多年調教狗隻經驗的人所撰寫的。不過，他們並沒有深入研究牠們的言語。這是造成犬隻咬傷人的個案不斷遽增的其中原因之一。」

「你可以替我指導一下我的傻狗嗎？」

「我認為你也要一起學習，跟牠上幾節課，相互聯絡感情，瞭解對方的心意和舉動。」

「坦白說，艾文，我認為你應該在報告書內加入你的見解。」我軀體靠前，雙肘撐在枱面，十指交合，托住下顎。

「我只是一名代言人罷了。」他揮揮手，苦笑道。

「那名變態狂所引用的詞彙比較深奧，多數更涉及專業知識。可能，他就是不屑寫出太過淺易的東西吧。艾文，你比較接近我們這些對狗隻一概不通或者一知半解的平民百姓。你擁有豐富的知識，而重點是，你懂得以一般人類的思維去解釋牠們的世界。我認為法庭內的人並不對動物產生濃厚興趣。報告書的內容只會擊沉他們的耐性，他們需要一些簡易的注釋去加深瞭解動物的基本行為及言語思考。」

醫師抿著嘴唇，雙手交疊胸前，思考片刻，然後道。「我要跟傑森商討一下。你知道嗎，拜倫？他是不容許別人插手管理及批評他的作品。」

「艾文，請放心專注於你的工作，好好修改一下這份報告書。至於那名狂徒，就由我來應付好了。我想你不善於或甚至不喜歡跟別人爭辯，所以，交給我這個愛好吵吵鬧鬧的律師跟他交涉吧，好嗎？」

「對於你這個提議，我十分樂於接受。謝謝你，拜倫！」

「我十分高興能夠替合作伙伴解決麻煩。」

艾文不禁咯咯大笑起來。

我揚起眉毛，嘴角不禁微微翹起。「怎麼了？」

他微微低頭，搔抓了幾下眉心。「你現在的神情喔，跟你剛剛進入辦公室，第一次跟我碰面時的那張臉容……」

我尷尬地笑了一笑，視線移至地面，掩飾醜態。

「請不要介懷……」他揮揮手，苦笑了一下。「我早已經習慣了。誰會對我這種既年邁，且樣貌愚笨的人抱有任何冀望唷！況且，我的診治對象是地位低等的生物。」

「不，不。」我連忙搖頭揮手，指向自己的臉龐，隨便撩動一下食指。「當我一踏進這個門檻，你已經把我分析清楚了，對嗎？其實，你與傑森一樣，擁有不單一個領域的專長喲！」

「你可能忘記了……其他人也忘記了。我們人類喔，也是大自然裡的其中一種動物唷！」

我咧嘴而笑。「我明白了。我終於明白為什麼傑森會挑選你成為他的代言人了。」

「我認為你的下一步計劃，會更耗費你的精力。畢竟，這牽涉到警方的調查意向。假若，他們真的只打算專注於檢控林敏婷，而忽略了秦銘的背景，就不容易找到吻合報告書內的假設條件了。」

「真幸運。我一直以來也沒有吝嗇時間和金錢去籠絡人脈。」

「你打算指揮警務處長執行命令嗎？」他的語調帶點嘲弄。

「遊戲規則是從下而上。只要負責出外打拼的人認為有疑點，就會著手調查。當蒐集到所需的資料及情報，才會向上通報。」

「所以，你會對那些督察或者一般警員進行滲透行動，對嗎，拜倫？」

「警察與律師本來就是水火不相融。最困難之處是如何從他們的口中套取出線索。」

「你要表現出誠意，切記不要帶著一副輕蔑的嘴臉。」艾文挖苦道。「要我傳授一些技巧給你試試看嗎？」

我展現出真摯的笑容。「有勞你了，大師！」

伊芙

我開始為自己所做的事情感到後悔；為自己所做出的決定感到愚笨。我仍然相信正毅會為我感到自傲，因為我是為了公義挺身而出。可惜，我採用了過份激烈的行為，不懂得抑壓自己的情緒而鑄成大錯。

我情願為自己的過錯承擔，接受任何的懲罰。

正毅不斷強調要為自己所做的事情，承擔一切後果，不論好與壞、甜或苦、對與錯。不要禍及其他無辜的人，包括朋友、親屬及所愛的人。這是作為一位勇敢的人必須堅守的誓言。

這幾天，我在這個剝削了自由的空間裡，開始思考了一連串的問題，而且感到有點疑惑，希望找一位智者為我尋求解決的辦法。我相信那天敏婷表現出的激動情緒，只是出於一時之氣。我嘗試說服自己，安慰自己，然後原諒自己竟然讓基因遺傳下來的獸性恣意妄為。

我什麼也不冀望，只要敏婷不用為我擔驚受怕。我相信她已經忍受了不少流言蜚語，可能更受到其他不明白真相的鄰居指責及謾罵。一般人總是會在故事的背後胡亂猜測，為它鑒定出一個連當事人也無法理解的論證，然後將它認定為最後的結果及判決，弄致所有人變得是非不分，危言聳聽。沒有人會為敏婷澄清，也沒有人會為我申冤。我們只能啞忍，直至警方把真相揭開。

我發誓，當一切真相大白，受過懲罰，完成了監禁服役期後，我會對他們、對敏婷、對雪麗作出報償，以更熱情、更忠誠、更堅決的態度，去保護他們、侍候他們、陪伴他們。

我現在需要的，就是耐心等候時間的流逝。

我深信真理必勝，正義必勝。

我唯一擔心的，就是假面人的出現……

他絕對不會毫無條件陪同敏婷來這個如廢棄場的地方探望我。我知道他盡心盡力地為我爭取什麼福利，不是為了我，而是敏婷。他想藉這個機會，乘人之危，打動敏婷？他要取代正毅在敏婷心裡的地位？他會喜歡雪麗嗎？那麼，克里斯汀娜呢？

我要密切注意他的一言一行，雖然我無法追蹤他的行動。不過我相信，他會再次來探訪我。

我要試探出他的真偽。

張誌炫

要把麥可餌誘出來，只有一個辦法。

他不貪圖名利富貴、不嗜煙酒賭博、不貪戀美色，真的是世間罕有的人類異種。唯獨文炘擁有一種魔力，能夠令他俯首稱降。麥可知道她是我的妻子，也毫不忌諱，就算是一點迴避也不裝扮出來。

雖然我不清楚文炘有什麼優點抓住了他的目光，我毫不介意麥可單獨跟她約會，更不擔心她會移情別戀。麥可不時跟我說，天下間跟他最投契的人就是文炘。他們無所不談，甚至會討論我的惡習。

每一次的赴會，她都把自己裝扮得耀眼眩目。我知道她的目的只是想惹起我的醋意，結果是無功而還。這只能怪我是一位身經百戰、忍辱負重的律師了。當然，一般男人會對此感到不滿及嫉妒，我卻十分清楚文炘一生中最愛是誰，亦對自己充滿信心。

我坐在角落處的餐桌，眺望站在門口的他，梳起一頭黝黑的短髮，均勻地塗滿閃亮的髮乳，身穿筆直的灰色西裝，配上一件黑色襯衫，雙眼左右迅速掃視餐廳內每一位客人。

文炘從來不會跟我提及他們所討論的話題，也沒有研究他的談吐衣著服飾。不過，這一刻，我深信麥可是如此重視他們的約會。

我藉機戲弄他，立即站立起來，猛烈地揮動雙手。那一瞬間，他整個人愣住了，雙眼緊盯著我，臉上的笑容頓時消失，皮膚變得繃緊，嘴唇微微張合。

我知道他正在詛咒我。

我從座椅鑽出來，急步走上前迎接他，一手摟住他的肩膀，半拉半扯把他拖到餐桌位置。「我在約定時間早了半小時到達，等候你的光臨。」然後，我拉開座位。「請。」

他不情願地一屁股壓在座墊上，雙臂立即交插在胸前，以不屑的眼光盯著我。

我回到座位，將菜單端在他的面前。「我知道這是個壞主意，麥可。」

他不為所動。「你知道我可以控告你防礙司法公正嗎？」

「沒關係，沒關係。」我舉手呼喚服務員。

女服務員優雅地移至我們的枱邊，柔聲道：「你好，先生！要點菜嗎？」

「可以下單了。」我邊把菜單遞給她，邊說道。

她微微彎腰鞠躬，雙手接過菜單，把它放在胸前。「謝謝你的惠顧。」

我瞧著她的背影離開，然後將視線放回到麥可身上。「這個安排，跟克里斯汀娜毫無關係。」

「這種卑鄙的手段，只有你才斗膽使用。」他強調語氣。「毫無羞恥之心。」

「我希望藉此機會表達我對那件案子的想法。」我解釋道。

「你可以搬它至法庭上討論。對象是主審官、陪審團、受害人家屬、被告，悉隨尊便。絕對不應該是我。」他冷淡地道。

「我想你們將目光太過專注於林敏婷與秦銘之間的關係了。」

「這是你的推測。」

「那隻黃金獵犬沒有任何傷人的記錄。」

「你打算為那隻狗減輕刑罰，還是替牠的主人開脫罪名呢？」他輕佻道，右手手指不停地敲打桌面。

「我尚未決定擔任成為他們的辯護律師。」

「因為價錢未能達到你的要求，對嗎？」你譏諷道。

我揮揮手，苦笑道：「跟這個沒有關聯。我只著重證據。」

「那麼，你申請成功後，再向我索取所需……」他指一指自己，然後指一指我。「不是私交下。在公開的場合……」

我沒有理會他的忠告。「我認為秦銘的背景殊不簡單。一名無業遊民，卻穿著名牌服飾，租住一整幢別墅。況且，凶案現場還有另一隻狗的屍體。」

「噢！你打算反過來控告他虐待動物嗎？」他語調仍然尖酸刻薄。

「我覺得從這方面著手，可以找出一點線索，一點頭緒。」

「是動機。」他簡短地補充。

「對，動機。」

「是林敏婷殺人的動機。」他強調道。

「不。是那隻狗的動機。」

他沉默不語，雙眼緊盯著我，目露兇光，雙嘴閉合。

「是那隻叫伊芙的黃金獵犬。」

麥可向後靠，雙臂交疊在胸前。「你的一舉一動，我瞭如指掌。拜倫，你不要再搞什麼小動作了。最近你跟哪位人物會面，找某個醫師幫手……你以為這樣子就能夠解釋一切行為，說服大眾嗎？」

「有沒有影響嘛？」我輕鬆道。「你應該比我更清楚，不是嗎，老朋友？」

「你利用我們相交二十年的情誼，不斷地超越了界線。終有一天，你會惹上大麻煩的。」

「我只希望不會有人含冤入獄罷了。」

「請你不要在我的面前說什麼伸張正義、劫富濟貧的理論了，好嗎？你從不介懷事實的真相——」

「你錯了，麥可。」我打斷他的話。「你太低估了我。」

「是我高估了你，拜倫！」他反駁道。「我以為你終會有醒覺的一天。」

「我不是正在幫助弱者嘛！」

「要用各種卑鄙低劣的手段去達到目的嗎？」他咆吼道。

「例如呢？」我心知肚明。不過，我打算刺探他一下。

「你以為找個什麼動物研究員就可以當作證供嗎？」

「請一位動物行為學家撰寫一份報告，就什麼不妥呢？」

「對，沒有不妥。不過那份報告書，似乎被過份渲染了。」

「你看過了嗎？」我裝作驚訝。「不對！我尚未將它公開唷！」

「你要我在這個公眾場所大聲地將你的罪行一一數清楚嗎？」他咬緊牙根，壓低語調，手指猛烈指向我。

「好了，好了！」我舉抬雙手示意投降。「就是這樣子……」

「不要裝模作樣了。還有你那張特許出入狗舍的通行證——」

「我以正常途徑申請的唷！」我打斷他的話。

「需要傳媒的幫助嘛？究竟是誰向他們通風報訊呢？」

我攤開雙手，聳聳肩。

「我想是某人失去了耐性，就利用輿論的壓力令所有程序加速運作。你認為是這樣子嗎，拜倫？」

「嗯！」我裝作沉思。「也有這個可能性呢！」

「那麼，為什麼我會在這裡出現？為什麼坐在我對面的是一位極為討厭的人呢？」

「我承認。我的確使用了比較拙劣的手——」

「是無恥啊！」他打斷我的話，怒吼道。

「我也是無計可施的情況下……以我的名義邀請你，你必定會拒絕我。」

「你知道我會拒絕你，是因為你打算跟我私底下談公事，而不是朋友聚會。」

「不，不。我也希望跟你會一會面。我尚未答謝你幫了我一個忙……那次在警察總部……」我尷尬地笑了一笑。

女服務員端上第一道菜，微微彎一彎腰，點一點頭。「請慢用。」

我拿起刀叉準備用餐，不過，麥可雙眼緊盯著我，雙手亦沒有放在枱面上。

「就算火燒心頭，也會感到肚子空空吧！」

他仍然緊抿著唇，不屑與我交談半句。

「看你花費了不少時間在這華麗的裝扮上，好歹也照顧一下自己，不要錯過了一個補償的機會嘛？」我邊把食物挑到自己的碟子上，邊瞄著他嘟囔道。「我請客就是了，你隨便吧！喜歡什麼，就點什麼嘛！」

他立即舉抬起手招喚服務員。

女服務員急忙走到麥可端前。「請問有什麼需要幫忙嗎，先生？」

「法國高慕烈堡紅酒。」他遲疑片刻，繼續道。「零五年的。」

「唏！你真的很過份啊！」我喊罵道。

「我沒有強迫你唷！若然你感到不滿，就分開賬單吧！」他輕佻道。

我吸了一口大氣，然後緩緩吐出來，穩定自己的情緒。「我欠你的……」

他拿起餐具，把食物放進口裡。「你真的懂得享受人生。克里斯汀娜約我到這間格調高雅的餐館，嚇了我一跳。」

「我認為請求別人幫忙，不能馬馬虎虎了事，要讓客戶有尊貴的感覺。」

「我只有一肚悶鬱的感覺。」他晦氣地說。

「坦白說，要透過正式的管道去蒐集資料，是無法達成目標的。你在這個社會打混了十數年，應該十分清楚瞭解的，對嗎，麥可？」

「我是警務人員，可以怎樣認同你的不法手段呢？」

「你們也會收買某集團內的成員蒐取情報；你們也會派新成員在大機構內扮演角色遊戲人物去盜取資料。目的不是跟我一樣，就是指證罪行嘛！」

他乾笑了一聲。「你不要告訴我你過往的所作所為，也是為了伸張正義喔！」

「這件事，跟以往的案例迥異不同。」為了撐住自己的論點，我強調道。

「因為今次你支持的不是強勢的一方。」他斷然道。

「不。是動物。」

「牠只是導火線。關鍵人物是林敏婷及秦銘。」

「你認為他們之間有什麼關係呢？」我大感詫異道。

「她沒有向你提及過嗎？」他反問道。

「她說不太清楚這個人。」

「例如情愛之間的糾紛呢？」

我緊盯著他，無名火正湧上心坎。「為什麼人與狗之間不可以有什麼互動呢？」

「因為牠們沒有縝密的思想邏輯。」

「或者你說得對。不過，牠們也有最基本的生存法則。牠們受到襲擊，也會設法保護自己，向敵人進行反擊。這是其中一種自衛的本領。」

「所以，你找了一位動物行為學家為你製造一項有力的證據嗎？」他恍然大悟。「還是你家中那隻鬥牛犬悄悄地告訴你這個秘密嗎？」

「我家那隻是一頭傻狗，伊芙是一隻馴良及聽命的狗。你要記住，牠的主人……」我猶豫片刻，繼續道：「丘正毅是一位受人敬仰的執法者，亦是你崇拜的人。」

「我不會感情用事的。」他撇開眼珠，轉移視線至抬面上的一尊花瓶。「你也不應該……」

「我跟林敏婷不太相熟。若然你希望瞭解一下她的日常生活循序及個性行為，你就跟克里斯汀娜見過面，問個究竟。」

他苦笑著。「我不會中計的。」

「我不打算繼續跟你糾纏下去，你可以放心了。我只希望說出我的意見及感想。你只不過是多花費一點時間，就能夠攬清楚各人的背景，這不是更有助於你們的調查進度嗎？況且，你犧牲多一點點的精神和體力就能夠換取真理，難道你為了省卻人力資源，就此讓一宗案件草草了結？」

「夠了，夠了！」他放下刀叉，拿起餐巾抹一抹嘴角。「關於良知這個題目，不用你來給我上一堂課。我比你清楚一百倍。」

「太誇張了……一百倍……」我搖搖頭，苦笑道。「你在羞辱我的道德感喲！」

「在你投入這個行業之後，還剩下多少呢？」他喝了一口紅酒。「你太少覷我們的辦事能力了。我們不會放過任何一個機會的。」

「我最希望就是律政司能夠撤銷對林敏婷那項疏忽照顧的控罪。我想專心一致應付對方的律師。」

「那項民事訴訟的索償額也嚇了我一跳。」

「是無理。」我更正他的說法。「荒謬。」

「因為表面上的證供，對她非常不利。尤其是隔鄰居民的供詞……」

「我就知道那群長舌婦會因為嫉妒林敏婷而說出那些曖昧的言詞了……」我皺著眉頭，右手手肘撐在桌上，輕搓太陽穴。「只是閒聊幾句話，就思覺失調般幻想出一個有關寡婦越軌的故事。」

他右手拿著幼長的酒杯高腳，輕輕搖晃著杯裡的紅色液體。「我認為，你找一下蓋理，問一問他的意見。」

「嗯。」我點一點頭。「這是我下一步的行動。我想知道一位長期與各種犬類為伴的人，是以哪種角度看待動物的行為。」

「假若他願意再見你一面……」

我苦笑了一聲。「對……我也希望他有這個念頭……」

「只要你表現出你的真誠。」

「還有勇氣。」我掃視枱面上的幾道菜色也差不多清空了，酒瓶內的高級飲料也只剩餘一半。

「你打算付上部分的費用嗎？」

「我會帶葉文炘來這間餐館的。」

「你不會要一位女士替你結帳吧？」

「你欠我的。」他指一指向我。「這段時間，你不要再跟我聯絡，知道嗎？」他警告我。

「我們在公事上碰面吧！」我舉起酒杯。

他也舉起酒杯，碰了一碰，發出清脆的鏗鏘聲。「我們在戰場上見……」

第八章 啜泣

伊芙

回想起數天前，貪婪地吞下一碗又一碗盛滿牛肉的碟盤，在敏婷及假面人前完完全全地表露出我的醜態。

每當我憶起那堆食物的影像，就不其然垂涎欲滴，肚子又開始有節奏地敲響鼓樂。我不知道敏婷下一次到訪的時間，也不清楚離開這個鐵籠的日子訂在哪一個月份、哪一年。如果我的身體構造像牛一樣，擁有四個胃袋，可以反芻食物，我就能夠儲備一些糧食，以備不時之需了。

這一刻假面人的出現，不單令我大吃一驚，就連負責看守這個場地的管理員也禁不住稱讚他。

「為什麼你可以隨時隨地進出這個狗舍？究竟你是何許人？我應該以哪種態度來對待你喲？」

「你按本子辦事就可以了。」律師蹲下身。

我沒有向他表現出熱情的歡迎儀式，只是坐在鐵枝前，呆望著他。

「這幾天，牠又回復原狀，不願意嚼食半點東西。既然你有通行證，且是牠的主人——」

「我說過，我不是牠的主人！」律師打斷他的話，澄清身份。「我是一位律師。」

「動物也需要律師替牠們脫罪嗎？」他嘆氣搖頭道：「我們這些弱勢社群卻慘遭欺壓。」

「法律面前，人人平等。」律師臉上的表情沒有變異，只是語調加強了。

「你說出了重點呢，先生！人類啊！」

律師半蹲半跪，緩緩轉頭凝視著頑固的管理員。「香港的法律大典內也有動物法。這些條例是保護被人類濫殺及虐待的弱小動物，即是你所說的弱勢社群，你明白嗎？」

「牠也待不了多久……」他壓低聲調，自言自語。

「這個嘛，不需要你擔心。我會讓牠的生命延續下去。」律師邊說邊從口袋裡掏出一個塑膠製餐盒出來。

我認得這是雪麗用來盛裝點心的盒子。我禁不住把吻部伸出鐵籠外，啟動鼻子，高速嗅嗅盒內的東西。

「唏，先生，你不能夠隨便給他餵飼唷！」管理員慌張地阻止律師。

律師沒有理會他，悠然地打開蓋子，邊拿出一塊餅乾，邊呢喃道：「你不是對我的身份感到好奇嗎？我告訴你，你的老大給我特權……」

「我要問一問……等一等……我要去辦公室向他確認一下……」他顯得有點不知所措，手忙腳亂。

「我不是說這個管理中心的老大。我是說這個部門的局長。」

管理員楞了一楞，不知接下來該說什麼反駁。「那麼……那個……我怎知道你是說真的呢？」

律師從西服的內口袋掏出手機，按了幾下鍵鈕，然後遞給他。「你跟他溝通一下吧！」

管理員立著發呆，凝視著手機。

「怎麼了？」律師扯高嗓音。「請隨便喲！局長先生不會介意一位盡責的職員向他詢問一小道問題而發怒的。」

管理員吞下了一大口口水。「請你不要告訴任何人啊！我會惹上麻煩的。還有，不要給牠太多食物，以免拉肚子。要不然，我要負——」

「我明白了。」律師打斷他的話。「你放心好了。若然發生什麼問題，我會承擔所有責任。況且，牠是的我的客戶，豈會做出傷害牠的事情呢！」

「我什麼也看不見……」他猛然轉身，急步離開，彷彿現場發生了大事故，慌張逃離。

律師向我展現出狡猾的神情，嘴角微彎，把手機放回口袋裡，把餅乾放在手掌上，遞到我的鼻子前。「雪麗說這是你最愛的奶油餅乾。」

我嗅了一嗅……

他說得對。不過，我遲疑了一會，瞄了他一眼，挺直腰背，緊盯著餅乾，猜度著他的真正目的。

「不用害羞唷！敏婷吩咐我帶這些零食來撫慰你的。」

這個人不會毫無所求地奉獻出愛心。我走上前，嗅了一嗅他的掌心及餅乾，然後伸長舌頭一捲，把整塊奶油餅乾放入口裡。我邊細嚼，邊窺視著他的一舉一動。雖然狗舍的燻天臭味遮掩了各種生物所釋放出的費洛蒙氣息，我藉機舔舐餅塊的同時間，嚐了一嚐他手上的汗液。

安穩中卻帶點慌張的味道……

原來，他跟管理員先生所說的一切也是胡謅的。

真大的膽子，就跟我與正毅一樣。

律師再從盒內拿出一塊餅乾放在同一位置上。「想不到你竟然會接受我。你知道我對你們這些犬類沒有好感，你不怕我就此把你毒害嗎？」

我聽完了他自言自語一番，就伸長脖子，把他手上的那件寶物捲入口裡。身為律師，他竟然忘了管理員這個證人在場。要是我真的因為中毒身亡，他也會被指控。他以為我真的這麼愚笨嗎？

「跟你玩個遊戲，好嗎，伊芙？若然你認為是不對的，就吠兩下；對的，就吠一下。明白嘛？」

我沒有理會他，亦沒有給他任何回應，只是瞥了他一眼，然後緊盯著盒內的奶油餅乾。至於我會否回答他的提問？就要聽一聽他說什麼鬼話了。

「我是壞人嗎？」

「汪！」我毫不猶豫地給他一個答案。

「你真的很誠實，跟我們這些虛偽的人類迥然不同。每人臉上總是帶著一副假的臉皮，撕下來，卻是另一副特製的皮具。」律師感嘆道。「你知道我為什麼會替你與林敏婷打官司嗎？」

「汪！」我早已知道了，居心叵測。

「你說對了，是克里斯汀娜。當然，我也認為在這起案件上，可以得到一些好處……我真懂得計算，對嗎？」

「汪！」他終於露出狐狸的尾巴了。

他拿出一塊餅遞到我的端前。「你不會藉機咬我一口吧！」

我迅速從他的手中奪去食物。「汪！汪！」你惹我討厭，但不致於要給你一個教訓。

他輕搓弄我的頸背。「我一直等待機會……希望做回自己……一次就足夠了。我不想再欺騙別人，欺騙自己。克里斯汀娜寵壞了我，一直順應我；不遷怒於我；不責備我……可能她冀盼我終有一天會醒悟過來。」

我坐下來，靜靜地傾聽他訴說心底話。我知道男人需要尊嚴，不敢在最愛的人面前表現出懦弱的一面，就算如正毅般堅強的人，也會有感到卑微的時候。這一刻，我嗅出他的氣味開始變異了。我曾經說過，假面人不是那些大奸大惡的人，因為他的費洛蒙沒有半點刺鼻的氣味，反而清淡中帶點剛烈。現在，他身上僅有的酸辣味也漸漸消散掉。我移前一步，很想貼近他，認真瞭解一下他的本性。

「我知道我應該對我的客戶坦白。可惜，我沒有勇氣在林敏婷的端前告訴她一個早已預料到的結果。」他倒抽了一口氣。「不能夠讓她知道真相，因為她是為了你而在這場官司中掙扎。她可以再次承受這個噩耗嗎？」

「汪！汪！」她不需要一個人背上所有的責任，因為我會替她分擔，甚至我用盡一切力量去抵抗來自四方八面的黑暗勢力入侵。

「這就是你們對主人的忠誠嗎？」

「汪！」

「我想林敏婷也會為你付出一切一切，甚至犧牲……」律師遲疑著，煞有介事。

我知道他想說什麼。「汪！汪！」。我絕不容許，因為我要代替正毅保護她、保護雪麗。

「我覺得自己就像一位手持巨型鐮刀的死神，正引導你與林敏婷迎向地獄之門。」律師的視線落在左手掌心。「可惜，我唯一能夠做的，就是把林敏婷帶回來……就只有她一個人，因為雪麗需要她。」

我的目光跟他相接觸。我知道他在暗示著什麼。

「你明白嗎，伊芙？你咬死人了。你狠狠地把他咬死。那位管理員說得對，法律是保障人類，不是你們這些弱小的生命。你們沒有選擇的權利……」他禁不住咒罵了一聲。「該死的。我知道法律就是這麼一回事；我知道法律就是存有種種的漏洞。我選擇逃避，可惜，這次我躲不了。」

我終於明白他的意思了……

「對不起，伊芙。我不知道應該怎樣辦……」律師把頭沉沉垂下。

我盡力把吻部擠出鐵籠外，用濕潤的鼻子推一推他的手背，直至冰冷的支條抵住我的臉頰。面對落寞的正毅及慌失的敏婷，我也是以這種方式鼓勵他們，安慰他們。

他抬起頭，緊盯著我。「你的結局早已註定了，知道嗎？」

我低嗚咽了一聲，再用黑黑的鼻子推他一下。

「所以……」他的眼神變得銳利，而且異常堅定。「我會把你犧牲，把你出賣，然後用盡所有卑鄙無恥的方法，拯救林敏婷、拯救雪麗、拯救你們的家園。我發誓，伊芙！我一定會保護你所愛的……」

「汪！」我撕破喉嚨，吠出震撼的一聲。

四周隨即響起各種高低音調的叫喚聲，就像在圓月下共鳴的野狼群一樣。

管理員急步衝過來，大喊大嚷。「先生，你幹了什麼唷？不要為難我嘛！你們算在這裡攪革命嗎？」

「不，不。這不是革命。是控訴。」他緩緩地站起來，雙手插進褲袋。

「你應該跟你的局長朋友提出啊！不是我嘛！」他哭喪著臉。

律師把下巴抬起，用不屑的眼神盯著管理員，然後轉頭環視四周熱血沸騰的動物群。「是對社會的控訴！」

「汪！」

張誌炫

我假裝趕忙的模樣，直奔上法院大樓前的台階。幾部攝影機緊追住我的身影，一支一支的麥克風伸到我的臉前，盡力貼近我的口唇。

「有勝算嗎？」一道聲音不知從哪一個方向傳入我的耳內。

「我對這宗案件頗有信心。」我簡略道，沒有直接回答她的無聊提問。

「這件凶案是關乎動物與人類之間的衝突，還是——」

「是關乎尊嚴。」我沒有等他說完，就打斷他。「動物的尊嚴。」

「因為這件案子，愛護動物組織成員與維權人士展開了多場的罵戰。你認為值得為了一隻狗而誘發出社會上的各種矛盾嗎？」

我不清楚是那一位採訪員問出這一道不經過腦袋思考就從喉嚨吐出的一堆說話。我只知道一股無名火直湧上頭顱，臉腮脹紅。「那麼，你認為雙方會因為你提出這一項充滿建設性的提議，而停止及化解持續了數十年的恩怨情仇嗎？」我本來是打算利用傳媒去渲染出一段煽情的對話，現在我只想抓住一支球棒揮過去。

幾分鐘後，我已經進入內庭，推開法官的辦公室大門。

「歡迎你，張先生！」史施富法官語帶譏諷。「最終也能夠安全抵達，真的太好了！」

我走上前跟那位耐心等候了半小時的敵方握手。「你好，洪泓大律師。」

「你好，我們法律界的新星！」他的臉容滄桑，就連嘴角的皺紋也在笑容中不知不覺間乍現。

「你知道我們約定的時間嗎，張先生？」法官故意詢問我。

「抱歉，我被記者群包圍住，無奈地做了一個簡短的訪問。你知道的，這是避免他們大造文章。」我隨便胡謅了個藉口推搪遲到的責任。其實，這是我的其中一種心理戰術，故意讓對手等待。特別在這場形勢不利的案件中，表現出輕鬆自若的態度，讓對方猜不透我所掌握的情報。而且，我當前的大律師，是一位老謀深算、奸詐狡猾的人物。他所負責的案件，勝出率可以說是全港之冠。我感覺到自己的身體不斷地萎縮，不是體內的基因產生異變，而是他的一雙碩大的手掌向我施壓造成的結果。

「希望你沒有說出什麼駭人聽聞的言詞。」法官道。

「我想……」我假裝思考。「……沒有……」

「我不希望在新聞報導內瞧見，或者是聽見任何影響這場官司的言論。」

「那麼，我建議你按下靜音的鍵鈕。」我輕佻道。

「我建議你不要接觸所有的媒體，法官大人。」洪泓插口道。「你應該清楚知道，我們的新星是以哪種手段去提高自己的聲譽呢？」

「我認為沒有輝煌的戰跡，就算說得多麼漂亮，結果也只是沽名釣譽。」我反駁道。

「這次的經驗嘛，確實難能可貴唷。」

「煩請你多多指教。」我向他微微彎腰弓身。

史法官摘下眼鏡，瞄了我一眼，然後再轉移向洪泓，表現出一副不耐煩的神情。「寒暄的說話可以完結了嗎，兩位先生？可以回到正題了嗎？」他右手五隻手指敲打桌面上的卷宗。

我把身軀轉向法官。「我打算把那份報告書及醫師的證詞放到最後。」

「原因呢？」

「尚待進一步的查證。」

「哪一方面？」

「警方。」

法官閉合嘴唇，雙眼緊盯著我，沉默片刻，然後向後背靠座椅。「有什麼你需要給我交代一下的嗎？」

「報告書內的假設性狀況，需要警方的確認。」

「何時開始你跟警方混為一伙呢？」法官嘲諷道。

「假若證據不足……」洪泓禁不住插口道。「那麼，你會取消報告書成為證詞？」

「不，我仍然保留其可信性，因為內容涉及被告的動機。我認為，警方的調查結果，可以有效地支持醫師所立下的理論。」

「你意思是林敏婷的動機嗎？」法官猜疑道。

「不。黃金獵犬的動機。」我簡短回應道。

法官的目光變得銳利，且帶點怒意。「需要多久？」

「我不能確定。」

「要我跟警方直接聯絡嗎？」

「我相信我可以好好處理這件事情。」

「它足以影響被告的判決嗎？」

「對的。它可以說是十分重要的證供。」

法官緊皺著眉。「你要我漠視它嗎？」

「不。我——」

「我不介意將審訊期押後。」洪泓打斷我的話語，帶著微笑，卻沒有半點善意。

「給我一個期限吧！」法官揮一揮手。

「我就是說，我不能確定……」

「我會跟案件的負責人聯絡。」法官邊說邊在文件上寫下批眉。

「那——」

「我決定了！」法官失去耐性，喊叫聲掩蓋了我的辯解。

「好吧……」我噴出了一口大氣。「另外，我有一項請求。」

「請說。」法官仍然低下頭用鋼筆在紙張上揮動。

「我希望伊芙能夠出庭。」

洪泓瞬間咯咯大笑，聲音響撤整個房間。

「張先生，請你不要太過份。」

「我打算記錄牠在庭上的表現，然後作進一步的行為分析。」

「你認為一隻動物會給你什麼的啟示呢？」洪泓邊擦拭眼角的淚水，邊揶揄道。

「所有人也認為伊芙的舉動，是受到林敏婷的誘導，並不是完全出於自己的思想。而一般人認為犬類無法表現出高智慧的行徑，無法聽懂人類的言語。若然，我們把牠與林敏婷在庭上的一舉一動錄影下來，再觀察伊芙在庭內所瞧見及所聽見的，就能夠分析出牠的行為。究竟牠是被動的受到主人影響，還是真情流露呢？」

「繼續說下去。」法官雙手交疊胸前，似乎對於我的言論感到興趣。

「正常情況下，狗隻會依據主人的手勢、頭顱移動方向及聲音語調來作出恰當的反應。不過，這是需要訓練之下才會順利地完成所有指示。就是說，在毫無特別教導下，牠們只會隨著自己的意志及情緒做出反應，而我們亦可以透過牠們的身體姿態、聲線、臉部表情去判斷出牠們將會造出的下一步動作。」

「你打算將錄影的片段給動物行為學家分析研究，成為其中一項證據，對嗎？」法官緩緩地點一點頭。

「對的。」

「這會延長了審訊期。」洪泓略帶不滿。

「我認為找尋真相是我們的最終目的。」我反駁他。

「這是民事訴訟案，張先生。」洪泓強調道。

「我清楚明白的，洪先生。既然你認為真理是屬於你的一方，就算是數十年、數百年、數千年，也不會變改的。」

「這會成為笑柄。」

「從未在法庭內出現的景象，不等於它永遠也不會被搬到舞台上。只要有人敢於承擔，而且不懼怕別人的輕蔑鄙視的目光，不懼怕言語嘲諷。更重要的，是為了公平公正，伸張正義，還有揭示醜惡的人性。」

「這不合乎常理。」洪泓申辯道。

「常理，並不代表是真理。」

「好了。我會邀請一位世界知名的動物行為學家進行分析。」法官插口道。「假若我同意你的要求，張先生。」

「謝謝法官大人。」我彎腰弓身，向他微微鞠躬。「同時，我希望設置一副螢幕及投影機在庭內。」

「有什麼鬼主意呢，張先生？」法官無奈地搖搖頭，嘆了一口大氣。「你知道你已經給了我一大堆麻煩了嗎？」

「不，不。這是錄影環節其中一項的測試。我會播放一些引致伊芙情緒上有所變動的事物，例如糧食、貓、狗、車之類的東西。當然秦銘及林敏婷的照片亦會安排在審訊中播放。」

「我認為這是無意義的舉動。」洪泓極力反對，軀體抖動了一下傾前靠近枱邊，意圖向法官施壓。「豈能將一隻狗的表現作為證供搬上莊嚴的法庭上呢？竟然打算將小說內的情節移至活生生的現實上！既然真的要將牠的言語用作供詞，我建議等待霍金研製出犬類語言翻譯器後才進行審訊。」

「一石二鳥。」我以開懷的聲音喊道。「那麼，我就不用同時間處理兩宗官司了。洪泓大律師，我會將你的建議轉告檢察官的。」

「夠了，兩位先生。」法官瞄了我一眼，然後瞥了一瞥洪泓。「我會認真的考慮一下，儘快給你們一個答案。」

「我會耐心等待的。」我搶先回應。

「洪先生，你就只有證人的供詞嗎？沒有任何證物？」法官語帶疑惑。

「對。暫時只有證人。」洪泓謙虛道。

「我事先聲明，任何突如其來的重要證物，我可能會拒絕提堂的。所以，請你們確保在開審前，將所有所有的東西呈交出來，明白嗎？」史施富法官的手指在桌上敲了一敲。「兩位律師？」

「明白。」洪泓道。

「嗯。」我緩緩點頭。

「你確認能夠同時間處理兩宗案件嗎，張先生？」法官問。

「基本上，兩宗案件所採用的證據相差不遠。最困難的，是要應付兩位性格迥異不同的法官。」我揶揄道。

「辛苦了你喲，律師先生。」他嘲弄道。

「我還以為法官大人會主審兩件關聯甚大的案件。」

「很遺憾，我沒有像你一樣擁有用不完的體力。」

「在戰場上吸取經驗成長才是我最大的動力。」

他啪的一聲闔合上所有文件。「還有什麼問題嗎，兩位？在我作出決定前，你們不要來煩我。我不希望看見你們身影或聽見你們的聲音。」

第九章　長嚎

伊芙

人類總喜愛跟我們這些只能說外星語的生物傾訴。

想不到假面人也會做著這些無聊的事情來，而且在別人面前也不感到羞愧。我不得不稱讚他的智慧勝人一籌，竟然用簡單的提問形式，就能夠迫使我給他一個回應。如果他將這技倆授給敏婷，我就難免會洩露出正毅的秘密了。

我與他之間的事情總是發生在車廂內。

正毅會跟我傾談內心的鬱悶，說說正在處理中的棘手案件，告訴我一些推理邏輯和分析理論；他會跟我哭訴著現實的不公正，對於法例存在的灰色地帶感到既無奈，又憤怒。

不過，他總喜愛重覆著相同的話語，而且有點複雜，甚至說得興奮時，一氣呵成把所有說話吐出來，就連停下來抽一口氣也覺得麻煩，最後更提醒我不要將那些秘密轉告給敏婷。我唯一給他的反應就是打個呵欠，把頭轉去望一望車窗外的景色。我的意思是，小孩也清楚知道狗兒無法說出人類的語

言，難道我會像鸚鵡一樣重覆講話嗎？

敏婷比較聰明一點。她只會將重點說出來，並特別強調個別字彙。她知道狗兒只懂將幾個字串聯結起來，然後用自己的辦法理解出真正意思。她更會向我提問一些有關正毅的事情：他與哪位女同事約會；他在調查中的案件的危險性；他打算在情人節送給她什麼樣的禮物等等。

敏婷實在太瞭解我了。就算我的腦筋十分靈巧，但是我無法抑壓軀體不經意間做出的小動作：開心時尾巴會不斷地拍打著地板；心感有愧時會撇開雙眼，避免與她的目光相接觸。有時為了停止敏婷繼續把我折騰拷問，就翻過身來，露出我的弱點，完全臣服於她，接受她的權威。

無論如何，我能夠成為他們的傾訴對象，感到無上的光榮。

這是一種互相信任的表現。

我並不是指他們之間產生了隔膜，或發生了不愉快的事件。在婚姻誓約上，他們雖然承諾相互扶持、同甘共苦。其實，我認為他們就是深愛著對方，為了減少對方的煩惱，寧願一個人承受痛苦。

世上每個人也冀望過著安穩幸福的生活。在這段艱難的時期，克里斯汀娜必定盡心盡力地照顧雪麗，幫助敏婷。我相信假面人也是以同樣的心態，希望跟克里斯汀娜分擔憂傷。

善有善報，惡有惡報；若然未報，時辰未到。

假面人與克里斯汀娜一定能夠相依相靠，在順境逆境中，仍能夠開開心心地活下去，直至終老……

張誌炫

我已經忘記了多少年沒有跟蓋理聯絡。

當我打開手機裡的通訊錄，發現他的聯絡電話仍然保存在記憶卡內；當我再一次按下鍵鈕接通了線，立即勾起了一段回憶，令我對自己過往所做的事情感到愧疚；當我聽見他的聲線，就令我腦海裡浮現出數年前跟他說的最後一句話。

我們以往總是隨便找個地方坐下來，嘈雜吵耳也好，被服務員驅趕也好，只要能夠嘻鬧一番就可以了。

這一次，我選了一間格調高雅，環境清靜的餐館作為我們闊別已久的重逢之地，而且訂了一張置於角落的位子。我能夠想像出他會以哪種方式應付我：說了兩三句話就離開；傾訴多年來在社會上的種種遭遇，三四小時還不夠我們吐出埋藏已久的心底話。

我走進幽暗的氛圍，從遠處已經能夠瞥見了他那臥藏七尺的身影。他的外型沒有太大的轉變，依然留住了蓄短的頭髮，寬闊的肩膀，簡單的服飾。不過臉容卻顯得有點蒼老。

「嗨！」我顯得有點尷尬。「你好嗎，蓋理？很久不見了。」

「唏，拜倫！」他莞爾一笑。「沒想到會再次跟你碰面。」

「對的。如果你沒有留意近期的新聞報導；如果你不在乎一宗惹起社會動盪的案件；如果你沒有發現我正在為一頭狗兒做辯護……」我苦笑了一聲。「你應該極不願意在這裡跟我碰面，對嗎？」

「我無法忘記你背叛我的那一刻……」

「你知道作為一位律師，我是沒有選擇的權利。」

「你總要為自己的行為找一個藉口。那麼，為什麼你會為了一頭動物而向世人挑戰？是報復嗎？」他顯得有點動氣。

「她強迫我……」我模糊地咕噥道。

「要將責任推卸給克里斯汀娜嗎？」

「林敏婷是她的好朋友。」我繼續以含糊不清的語調回答他的提問。

「對。她的朋友，不是你的。試想一下，你連我這個朋友也不懂得體諒，更何況是一位普通的朋友？」他的怒火不斷上升。「為了什麼呢？」

「為了贖罪吧……」我咕噥道。

「過去的……」他的聲音有點顫抖。「怎麼樣也補償不了。」

我不敢與他的目光相對，只能垂下頭，凝視著桌面上閃亮的銀色餐具。

「你就捫心自問。為什麼……」蓋理握緊雙拳。

我不知道是否自尊心作崇。我就是無法在他們的端前吐出一些義憤填膺的言語；我就是開不了口，說什麼為了尋回自我的客套話。我可以對著伊芙大聲道出來，卻無法坦白地告訴他們，我正為自己安排了一個轉捩點，藉機把身上的所有面具脫下來。

「我知道的……」蓋理有點哽咽。「我知道那個充滿正義感的小伙子，準備破繭而出……」

我猛然抬起頭，瞪著他那雙淚眼盈眶的眸目。「藉著動物嘛……」我搖搖頭，苦笑道。「只不過是一頭黃金獵犬……」

「對於大部分的人來說，牠們只是一頭低等生物、寵物、玩伴，隨時隨地被取替；隨時隨地被其他東西填補牠們的空缺。」

「他獲赦了……因為他殺的是一頭警犬，而不是一名警員。」我不自覺地說出那起令我們關係決裂的案子。

「你們不會明白，對於我而言，牠是何等的重要。牠不只是一隻普通的德國牧羊犬；不只是我工作上的搭擋；不只是一頭警犬。你能夠想像一隻動物會為了保護主人的牲命而不惜犧牲自己嗎？在面對當前的窘境，面對一顆子彈以高速飛行的狀況，你的四肢及腦袋會做出什麼反應來呢？」蓋理停頓片刻，吞了一口包括了淚水的液體進入喉嚨。

我嚥下一口口水。「我明白的。」

「那一剎，我整個軀體僵硬了，就連一小步也難移。牠呢？牠就是一頭栽撲向我的跟前，用那副壯碩的軀體擋下一切。沒有一點的抱怨，也沒有一點的悲痛。只有我一個人默默地落淚……」

「我知道你的感受，蓋理。」

「是你讓那個渣滓逃過法律的制裁。」

「我終於知道牠們也有自己的思想。」

「你們認為牠只不過是一頭畜牲。然而，諷刺的是，當牠身上一綹一綹的厚毛染滿了血紅，呼吸變得紊亂，雙眼無力撐開，牠卻用盡一切力氣伸長頸脖，抬起頭，用濕溼的鼻子推一推我那張扭曲的臉龐，然後伸出舌頭舔舔從我的雙眼不斷落下的水滴……」蓋理的淚水現已經無法匿藏在眼眶內，緩緩從眼角淌下。「我竟然要一隻處於瀕死邊緣的動物去安撫我這個從地獄僥倖逃脫出來的人類。而我嘛，就只能夠緊緊的摟抱住牠，感受牠每一下的心跳、每一口的氣息、每一份的愛意。」

「蓋理……」我呢喃著，希望他停下來。我不願意瞭解自己過往的所作所為給他攜帶來的痛苦。不過，我強迫自己聽下去，強迫自己去接受。接受自己的卑鄙行為；接受自己埋沒良知的處事方法；接受自己為求功名的手段。

「當我瞧見了那段新聞報導；當我瞧見那頭黃金獵犬；當我瞧見你的臉容……最意想不到的是，竟然一名極道邪惡的人會替一頭動物打官司。我的希望重燃起來。往日我們以那種傲氣……」

「抱打不平。」我接著說。

「年青時代，我們以意志、激情、拳頭去達到目的。現在，我們應該以理智及頭腦去喚醒一切，尋找真理。」他用手背擦去淚水。

「前幾天，我跟伊芙，就是那隻黃金獵犬，傾談了大半天。難以置信，牠彷彿聽懂我的所有話語，並以洪亮的吠叫聲回答我的提問。那一瞬間，我就想起你與那隻警犬之間的情感，一般人是無法明瞭的。」我苦笑著。「從那天起，我不敢對家裡的傻狗咆吼、怒罵及戲弄。就是懼怕有一天，當我在沙發上躺臥打盹睡時，被牠藉機咬斷手指及腳指。」

「所以，咬人的狗，背後總有一段故事。可能是主人儲心積累下教導牠每一項越軌的行為，或者是對方做出了一些不可寬恕的事情，甚至做出攻擊侵略的舉動。」

我緩緩地抬起頭，視線轉移至他的臉上。有一句說話我一直沒有這個勇氣在他的端前吐出來。

「蓋理，很抱歉。請你原諒我。」

「這一次，我跟你見面，並不是希望你向我低頭，說說什麼懺悔的句子。我要再次瞧見那位充滿使命感、正義感的小伙子，站出來納下挑戰書，向不平不公的事與人對抗。」他的雙眼頓時變得銳利，眼淚亦揮掉。

「謝謝你，蓋理。」

「你應該知道我的目的，就只有一個。我不冀望獲得最後勝利。我只要證明真理仍然存在世上。」

「究竟真理會以哪種形式降臨呢？」我呆木地凝視著那隻編寫過無數演講稿詞的右手。

「哪一種方式……是關鍵嗎？我認為更重要的，就是不要再讓它悄悄地流走了。」他彎起嘴角，展現笑容。「對嗎，我最要好的朋友？」

伊芙

這幾天，假面人所說的一番話不停在我的腦海裡縈繞。

我終於知道法律是什麼的一回事了。

一直以來，我沉醉於自己的思想。我還以為自己處於守衛城堡的最前線位置，阻擋外地人入侵，以防擾亂敏婷及雪麗的生活。

這一刻，我醒覺了。所有的，就像泡沫一樣被徹底戳破了。最令我感到無地自容的是，將我從夢境中拉回現實的人，不是哪位思想家或哲學家，而是惹人討厭的假面人。

正毅離開後，敏婷才是那位真真正正保護家裡每一位成員的人。她替代了皇上的位置，勤政愛民，讓城堡內的子民安穩生活。我明白到自己只是一頭十分渺小的生物。

這一次，我給敏婷惹上了大禍；這一次，我感到萬分歉疚。

俗語說：一人做事一人當。

我願意為自己所做的事承受一切惡果，也不怕被判予極道的刑罰。我知道我這種行為，無論在社會上、在法律上都是容不下的。正毅曾經說過，當他的怒火沖天，就會產生對罪犯執行私刑的念頭。

然而，每一個人也為自己訂下一套制度。動物跟人類一樣，當容忍的耐久性穿破了臨界點，一切理智及情感也變得虛無。

若然重新來過，我也會選擇同一個決定。既然他可以恣意欺凌弱小，犯下滔天大罪也得不到應有的懲罰，那麼，我也可以對他進行裁決。

我知道我的決定既為難了正毅，且苦了敏婷，故此感到十分矛盾。究竟，我應該以哪種心情去面對當前的遭遇呢？究竟，我應該以哪種態度去面對敏婷呢？

我緊閉雙眼，希望能夠在夢中得到正毅的指引，雖然我清楚知道，我跟正毅重逢的日子不遠了……

第十章 呼聲

張誌炫

我的其中一項工作，就是談判。

對某些人來說，談判就似是一場罵戰，需要反駁別人的言論，否定別人的想法，卻要巧妙地讚賞別人的觀點。這是一種精神分裂症患者獨享的能耐，而卻要我這種平凡人去演繹。

縱使我重複了這種異常的行徑數千遍，可是每一次面對對方也緊張得汗流浹背。想想怎樣打開話匣子，然後在腦海裡翻開早已熟讀的稿子，再用意志力將緊繃的臉皮癱軟下來。

我討厭抗辯。我就知道自己討厭嘴巴不停地張開合攏。

「李大人。」我對檢察官說。「我希望能夠全神貫注處理那件民事訴訟案。」

「我認為你絕對能夠應付自如，律師先生。你不是希望將勝算率再提高一點的嗎？」

「我覺得不應該浪費時間及資源在一宗毫無意義的案件上。你想一想，林敏婷是無辜的。你知道她是一位怎麼樣的人嗎？」

「我對被告沒有興趣。那隻狗是屬於她的，責任推卸不了。」

「你知道警方的調查進展嗎？」我托起臉腮，微微傾側頭顱，雙眼盯著他。

他倒抽了一口氣，放下手上的鋼筆，跟我的目光相接觸。「你也在警察局內安排了線人嗎？」

「我認識警務處長。」

「調查尚未有結果，就打算嚇唬我嘛！」

「差不多了。至於結果嘛，你心知肚明的，李大人。」

「詭異的事件多的是。」

「更嚴重的案件，有待你去給那些惡貫滿盈的人定罪。例如，想一想對那位屠夫提出控訴……」

我略帶暗示。

「屠夫？還有待鑑證啊。不過，有一件事情我十分確定的，就是你只懂使用卑鄙的手段。我就是說，你好歹也改變一下你的作風。這一宗案件，跟你過往所處理的……」他猶豫片刻，繼續道：「有天壤之別唷！」

「我只是為求達到目的，與案件的類別根本沒有任何關聯。我的出發點只有一個：為了公義。」

「公義?!」他停頓一會，咯咯地大笑起來。「你是說這起事件嘛？」

「可以這樣說。」我尷尬地笑了一笑。

「那麼，你就是承認你接手過的個案，都是埋沒良知地一頭栽去幹，對嗎？」

「我不會回答你這個假設性的問題，檢察官大人。」我翻一翻白眼。

「你竟然會為了一名女子，將所有責任推到一隻狗的身上，真的無恥……」

「我只是認為殺人的動機，完全是出於那頭黃金獵犬的自我意識，而不是有人在背後操控罷了。」

「你打算將犬類列為高智慧生物嗎？」他譏諷道。

「你應該聽過蓋理的故事吧？」

「那頭德國牧羊犬是出於忠誠，保護主人。而這隻黃金獵犬，若然依據你的推斷，一切也是牠造成的話，就是有計劃的殺人凶案了。兩件事件不能相提並論。」

「你有瀏覽過那份動物行為學家撰寫的報告書嗎？」

「找個專家寫幾個字就可以解釋一切嗎？內容似乎太過刻意堆砌，就像是度身訂造的樣本，環境設定也太過吻合這宗案件的背景了。」

「你應該知道假設性的動機，對嗎，李大人？」我胸有成竹。「若然，警方確定了受害者的身份背景。那麼，我的勝算率會略為提升嗎？」

「你以為這份報告可以跟一般人類的醫療報告同樣擁有高度可靠性嗎？香港的法律，跟外國的不一樣。」

「我知道的，我知道的。就是動物的地位並不如一小幅土地珍貴嘛！我已經覽閱幾個文明國家的動物法例了。我認為香港訂下的條例，並不太過遜於美國。只是我們需要更嚴緊地執行及遵從每一項細節……」我用姆指及食指做出了一道只能夠容納一粒白米的闊度。「……條約的真正力量才能夠充份發揮。說說笑笑，談談股票價格，討論一下土地發展是改不了現有的社會現象。」

「我也飼養了一隻拉布拉多犬。」

「李大人，我的家裡也有一隻傻頭傻腦的鬥牛犬。然而，當我接手了這宗案件之後，認認真真地上了幾堂課，瞭解的並不是某位名人什麼多年的飼養寵物心得，而是真真正正有關犬類的身體構造及行為。牠們有機會患上動物特有的細菌病毒；牠們有情緒，也會患上我們人類所患的抑鬱症、強迫症、驚恐症。我更獨自闖入狗舍，跟那頭黃金獵犬談上大半天，才發覺以往對待牠們的態度，就像蟑螂、老鼠、螞蟻一樣，揮手踢腳要牠們遠離我一點。現在嘛，我覺得，牠們在多方面，比我們自稱高等生物的人類更優越。」

「張先生，感情勝不過法律。你清楚明白的，不是嗎？」

「法例上，的確清楚列明主人有責任管束自己的寵物。假若有什麼閃失，作為主人也要承擔一切。牠們的確需要接受我們的訓練及教導，學會社會的規則。這也是作為主人必需要處理的其中一種項目。不過，牠們也有自己的思想及意念，況且，就連我們自己，人類，也無法好好管理，無論是配偶、子女、父母……你認為有什麼方法能夠完全避免不恰當的事情發生呢？把牠們關在籠子裡，就這樣子看著牠們長大？那麼，我們也應該為我們的子女加上一把鎖鏈了。」

他瞇著雙眼，蹙起眉頭，緊盯著我，沉默良久，突然爆發一聲，咯咯大笑起來。「你就是這樣子處理每一宗官司的嗎，律師先生？」

「可能吧……我記不清楚。不過，這件案子，我認為是值得耗盡一切時間、精力去嘗試……」我被他突如其來的熱誠弄得有點不知所措，略感愧疚。

「因為這是一宗有血有肉的案件嗎？」他遲疑片刻，沒有等我回覆，繼續道：「還有什麼要補充呢？我需要更多理性的說話說服一下唷！」

伊芙

佛教輪迴之說提及再世的理論。當靈魂脫離軀體，經過冥府的判官審視你一生的功過後，就投進另一個生命體，不斷地輾轉生死於三界六道之中。功過得失被稱為業。業的多寡，就決定你將要轉世之道。信奉佛教的人相信，只要消除所有的業，就能夠擺脫輪迴，到達涅槃的境界，修成神佛的位置。他們認為動物之所以成為動物，因為業的數量繁多，既未能達至成為人類的標準，亦不致於墮落成為遊魂野鬼。

我不奢望下一世轉投成人類，甚至希望下一世能夠繼續做回黃金獵犬這個身份。我相信不少生物認為我這種想法十分荒謬，認為我這種思想十分愚笨。既然有個大好機會擺脫低等物種的悲慘遭遇，就要好好珍惜，嘗嘗人類獨有的權利。我希望使用人類的語言跟敏婷談談有關犬隻的行為思想；我希望透過人類的語言跟正毅討論大大小小的案情；我希望懂得人類各種的肢體言語去撫摸雪麗，擁抱雪麗。

不過，我清楚知道自己的責任尚未完成，更沒有好好擔當作為一頭黃金獵犬應盡的職務。若然再有一次機會，我不需要敏婷保護我，也不需要敏婷照料我。這一次，我懂得怎樣履行對正毅許下的承諾，守衛這個家；這一次，我清楚怎樣去替代正毅照顧敏婷及雪麗，確確實實地肩負起自己的任務。

職業無分貴賤，物種地位亦無高低之分。

我以自己能成為一頭狗隻而自豪；我以黃金獵犬這個品種引以為傲；我以下一世再能夠成為一隻忠犬而興奮莫名。

就請給我多一次的機會……

張誌炫

在正式開審前的一夜，我選擇以輕鬆的心情，不接觸任何有關案件的資料及篇稿，就像臨近考試的一刻，讓自己調整一下，不論準備充足還是乏善可陳，也不需再絞盡腦汁。一切早已經注定了，就算夜深時分觸碰再多的書籍，溫習多次讀本，也無法擠出什麼東西來，不如就好好地讓自己開心一下。

我與文炘癱軟在沙發上，盯著螢幕上的畫面。她依偎在我的懷裡，讓我感受到接受行刑前一刻的感動和溫暖。

屋內的設置及裝飾跟以往一樣，沒有任何變動。文炘依然穿上一件性感且單薄的內衣，保持住青春嬌艷的神情。唯一令我感到意外的，就是那隻傻狗沒有躺在牠的安樂窩裡，以睥睨的眼神蔑視我，反而把如石頭般重的頭顱放在我的大腿上。

我的右手摟抱住文炘，左手不其然地插進克雷孟特的短毛上撫弄，抓抓牠的下巴，搔搔牠的肚皮。牠不時傳出微弱的呻吟聲，噴出一口大氣，臉上表現出滿足的神情。

「克雷孟特對我失去興趣了。」文炘故意裝出羨慕的眼神瞄向牠。

「牠對我產生了好奇心。對牠而言，我尚有一點研究的價值唷！」

「可能……你開始蛻變了。」

「我?!」我冷笑一聲。「沒有。一點也沒有。」我斬釘截鐵道。

「狗狗會隨著氣味而改變態度。」她抬起頭望向我。「麗莎說的。」

「氣味?!我身上添加了一種狗糧的味道嗎？」

文炘咧嘴而笑，雙臂把我纏得更緊。「轉變了嗎？」

「對你……」我情深地凝視著她：「我沒有。」

「為什麼人類與動物不能夠好好地相處呢？」她嘆息道。

「你看看他們吧！」我指一指向螢幕畫面中兩黨勢力在大庭廣眾下你推我撞。「人類之間亦未能管理妥當，更何況是對其他生物呢！」

「誌誌……」她輕拍撫我的臂胳。「你做對了，我知道的。你拯救了一個家庭，雖然它只是地球上一顆渺小的沙粒。她們是善良的人，沒有必要為難她們。」

「葉文炘，妳擁有一顆美麗的心。」我沾吻她的唇一下。「是妳。你幫了她們。不是我。」

「他們為了什麼而抗爭呢？」

「他們認為一隻狗的地位不能夠超越一名人類，他們要為人類的尊嚴而奮鬥到底。」

「他們豈會如此蠻不講理呢？」她囁嚅道。

我吐出一大口氣。「有些人只為了反抗。反抗政府的一切一切，不論對與錯、好與壞，你永遠不會明白他們的腦袋是如何運作的。有些人就被一團一團色彩繽紛的煙霧濃罩住，不單遮擋了四周的視線，阻礙不同的聲音語調，還蒙蔽了他們的理智，減低腦袋的分析能力。唯一能夠喚醒這些人的，就是將真實揭露出來。」

「既然檢察官已經撤銷了所有控訴，就表示麗莎是無辜的。」她詫異道。「他們究竟想得到什麼樣的結果呢？」

「因為個人私隱條例的保護及種種原因，所有文件和報告也無法完完全全披露，媒體亦不會將每一件細微的事情報導出來。若然真的要將每天城市內發生的大大小小事件一一編寫出來，那麼，我相信沒有人會願意購買一份如字典般厚重的報刊瀏覽了。當然，還有其他管道去取得資料，但是需耗費不少時間去搜集。所以，資料並沒有被封鎖，只是我們有沒有這個意欲去發掘出來。你看看那些人……」我抬一抬起下巴指向畫面。「若然我拿著一大疊文件在他們端前朗讀及解釋，他們就會把情緒降溫。你千萬不要把資料隨便放在他們的枱面上，然後離開。他們才沒有這個耐性去仔細瀏覽每一項細節，他們情願繼續沒頭沒腦地抗爭下去，也不願思考片刻。」

「這樣子活下去，似乎也不錯唷！簡單、直接。」

「是否覺得伊芙的腦袋比他們更複雜呢？」我苦笑道。

她拍打我的胸膛一下。「不要把狗狗與人類相比較嘛！」

「人類一直以來就喜歡跟各種生物秤一秤高低。從原始時代，人類仍然是恐龍的獵物。在歷史的進程中，人類不斷地向上攀爬，踩著各種生物的頭顱為踏腳石，鑽上金字塔的頂端，將一切視為低等種族群。人類就是這樣子成為地球的主宰。」

「那群愛護動物組織的人也不滿意檢察官的決定。」文炘蹙著眉道。

「因為被釋放的是麗莎，不是伊芙。」

她戛然仰起頭，詫異道：「我不明白你的意思耶！」

「他們的計劃是拯救伊芙。他們認為自己是動物的守護天使，不是人類的。你明白嗎？他們的目的連一丁點也無法達成。如果他們認真的解讀一下香港法典內所記錄的有關條例，就知道伊芙是避不過這一劫難的。」

「我想，他們希望藉此打動法官，或者希望透過群眾及傳媒輿論向法官及律政司施加壓力。」

「試想一下，秦銘謀殺了我，而你就怒氣沖沖，或者處心積慮地計劃把秦銘刺死了。那麼，你認為可以無罪釋放嗎？」我無奈地搖一搖頭。「這是報復性的行為，並不是自衛或替天行道。你認為他是罪有應得，是報應，是自作自受……我明白的，我同意的。不過，你就要為你所做的行為負出代價。」

「伊芙是為了慘死在棍子和屠刀下的朋友報仇……」她有點哽咽，雙眼盈滿淚水。

我輕搓著她那條白皙的臂胳，安撫她。「總有一天……或者……就像日本那隻家傳戶曉的秋田犬八公一樣，被人民歌頌，為牠矗立銅像。伊芙，這頭黃金獵犬，就成為香港的傳奇忠犬。」

「我會永遠懷念伊芙。」

「我也是。」我拍一拍克雷孟特的頭。「你同意嗎，傻狗？」

牠立即從沙發上躍起來，猛烈搖動尾巴，吠了一聲。

「明天那場官司，你有信心嗎？」

「雖然證據全部有利於麗莎，但是刑事法庭跟民事法庭迥異不同。始終，她是伊芙的主人，就要承擔責任。這一點已經可以向麗莎提出索償了。我只能夠盡力說服庭內所有人……」

「檢察官也明辨是非。」

「因為李大人清楚知道要對付的，應該是哪一種人。不是麗莎，也不是你與我這些普通平民百姓。」

「史施富大法官是一位充滿使命感的人。」

「這就是我感到最遺憾之處。在沒有任何案例依據之下，只能參考其他國家相類似的案件。可惜，所有的裁判結果，都不利於被告者。史法官已經給了我最大的讓步，只要他所推薦的那位具權威性的動物行為學家仍然樂於守護其他城市的小動物。」

文炘抬起軀體，雙掌按在我的胸膛，把嘴唇湊近我的臉孔。「無論結果怎麼樣，我最愛的，也是你。不過，我仍然確信，正義必勝。」她輕輕把薄唇壓在我的嘴巴上。

克雷孟特突然四腳一跳，踩到我的大腿上，對我吠了一下，然後蜷縮在我的肚腹上。

文炘瞄一瞄俯伏著的克雷孟特，再瞥了我一眼，莞爾一笑。「牠的思維也漸漸與人類同化了，對嗎？」

「對。」我呢喃著，一手把她摟抱住。「……正義……必勝……」

最終章 吶喊

伊芙

「要出發了。」狗舍內的那位管理員輕輕敲打鐵枝把我喚醒來。

晨光初現，雀鳥吱喳不停。我勉強撐開眼皮，瞄了他一眼，打了一個呵欠，伸一伸懶腰，沿著籠內的有限空間走了一圈。

「喂，你聽清楚喲！我現在為你帶上拉帶，你不要搞什麼古怪舉動，也不要胡亂吠叫，不然，我就會用索帶扣緊你的喉嚨，就像那群粗暴地把你拖拽到狗舍的人一樣對你不客氣，你明白嗎？」他壓低聲音，彷彿自言自語，安慰自己的情緒。

我舔了一舔鼻子，然後靜坐下來。我就是說，只要好好向我說清楚，我是十分願意合作的。而且像管理員先生一樣謙躬有禮地要求我去安守本份，我樂意極了。

他在我的頸圈扣上長長的繩子，打開鐵籠，拉了一下。「出來吧！」

我爬出來，走到他的腳旁坐下來。

「我不明白他們為什麼會耗盡力氣才把你壓制下來。我就只是跟你說幾句話，就已經搞妥當了。」他嘆了一口大氣。「青年人就只懂使用暴力……走啦！」管理員拉了一下拉帶，邊走邊呢喃著。「你真的利害啊！我相信你是首隻能夠大搖大擺地走進法庭內的動物，而且眾人的目光也投射到你的身上。你的律師真是鬼計多端唷！不過，你要記住！不要在庭上大言不慚，否則就掉了你主人的面子啦！」

我十分感謝他對我說了一番道理。為了我的主人免受偽君子的奚落及愚弄，我會盡力抑壓自己的情緒。

張誌炫

主審席、被告台、證人台、旁聽席……

這個萬人空巷的場面，竟然出現在一個小小的正方形庭院內。我的背後不斷傳來竊竊私語。一眾記者、對案件感興趣的人、受害者的家屬、一些喜好說三道四的人也擠進旁聽席上。他們陸陸續續發表出對案件的觀點、研討安置在被告欄上的攝錄機的用途、將會投放在螢幕上的畫面、被告林敏婷的容貌、黃金獵犬獠牙猙獰的面目……

「主人，這就是你冀望的場面嗎？」娜塔莎低下頭整理一疊又一疊的文件。

「出乎我意料之外。」我雙手交合握緊拳頭，簡短道。

「你認為你的知名度會躍升至哪一個水平呢？比得上隔鄰的老狐狸嗎？」

我轉頭瞄了一瞄氣定神閒的洪泓。「我跟他屬於兩個不同的世界。」

「我還以為你真的會給我一個機會發表一下我的理論。」她語帶責備。

「將來妳會是一位出色的律師。不過，我就快要退下來，所以，請讓我再嚐一嚐這種虛榮感，可以嗎？」

「開庭！」書記官立起身喊叫道。

庭內所有人肅立，眺望著身穿紅色大袍的法官以神色凝重的姿態，緩緩地踏上房間內最高的位置，然後筆挺地坐下來。

「開審前，我必須向所有在場人士發出聲明。本案由於需要進行錄像，而且本案其中一名被告，易於受到聲音騷擾而影響情緒，故此我要求各位不能無故發出任何噪音，包括手機鈴聲、竊竊私語。請各位自重，否則我會毫不留情將破壞秩序的人趕出本庭外。」法官莊嚴說道。

史施富大法官向庭警點頭示意，把被告帶進庭內。

我凝視著兩名被告登上席位，立即惹來一陣騷動。

法官大力敲打木搥厲聲道：「這是第一次警告！」

伊芙氣定神閒地踱步進來。牠沒有吠叫，也沒有紊亂不安，乖乖地坐下來。

牠消瘦了。林敏婷也顯得憔悴。為了這宗案件奔波勞碌的人也耗盡了不少心血，就連史施富大法官的兩頰臉腮也有點凹陷。

我悄悄地問娜塔莎。「我的體型……瘦削了嗎？」

「正直的人都是這樣子的。」她冷淡道。

我瞟了一眼洪泓，再打量了娜塔莎一下。

「不用感到好奇。的的確確，洪泓肥大得像一頭豬。而我嘛，本來就是這樣擁有一副窈窕的軀體。」她裝作若無其事，雙眼仍然盯著前方。

我翹起雙唇，禁不住笑了一聲，卻察覺到洪泓瞟了我一眼。我立即把嘴角拉平成一條線，然後緩緩地站立起來。

我的首要任務，就是要讓林敏婷獲判最輕的量刑。的確，我沒有信心贏這場官司，因此，我要讓林敏婷在陪審團的心中留下一個良好印象。那些喜愛搬弄是非的人，就是我的第一道奇謀妙計了。我邀請了幾位舌頭特別長的婦人擔任為我的辯方證人。我完全沒有冀望她們會為林敏婷說什麼好話，反而，我要利用一下她們愛幻想、愛編故事的腦袋。

「蔣麗霞女士，請問你認識林敏婷女士多久了？」

「誰是林敏婷？」她反問道。

「丘女士，丘正毅的妻子，林敏婷。」我微笑道。

「噢！認識啊！」她恍然大悟。「還有她的女兒雪麗啊！」

「認識多久了？」

「五至六年左右。」

「你認識秦銘嗎？」

「這個人又是誰哩？」她顯得有點不耐煩。

我拿起秦銘的照片給她看。「這個男人，你認識嗎，蔣女士？」

她瞇一瞇眼，凝視著照片，然後像發現寶藏一樣，撐大喉嚨道：「我知道！他時常在公園附近留連。」

「公園附近？」

「對。我們遛狗的地方。」

「每日也會出現？」

「差不多了。」

「蔣女士，你有跟他聊過天嗎？」

「有啊。還跟我的狗狗玩耍哩。」

「你那頭狗是什麼品種呢？」

「雪納瑞。」

「你知道秦銘認識林敏婷嗎？」

「當然啦！他們言談甚歡。如果你不認識他們，你會以為他們是一對情侶哦！」

「情侶？」我就知道她說出如此荒謬的事。我裝作詫異道：「林敏婷不是結了婚嗎？」

「你知道的。」她嘆嘆氣，搖搖頭。「丘先生已經離去多年了。一位如此年輕貌美的女子，也會感到寂寞難耐。況且，秦銘樣子俊俏，跟丘女士十分相配唷！」

「林敏婷跟你說過有關他們的事情嗎？」

「沒有喔。不過，留意一下他們之間的行為舉止就一清二楚了。你知道嘛，女人的直覺是最敏銳的。」

「那麼，依從你的直覺，你認為秦銘是一位好好先生嗎？」

「當然啦！他待人親切，也十分喜愛小動物。你知道嘛，有愛心的人，都是好人啊！這是錯不了的。」

「謝謝你，蔣女士，我明白了。那麼，最近你有留意新聞報導嗎？」

「每天也有很多不同類型的新聞，例如女影星朱子蓉未婚誕子，男歌星鄭志偉醉酒鬧事——」

「蔣女士。」我打斷她。「我的意思是，你最近有見到秦銘嗎？」

「噢！你這麼說，最近我真的沒有瞧見他的身影。發生了什麼大事件嗎？」

「你沒有留意新聞報導嗎？」我重覆這條問題。

「律師先生，電視台有很多節目唷，台灣劇集、香港劇集、韓國劇集……還有飲食旅遊特輯。我可沒有時間一一觀看哦。你知道嘛，家庭主婦有很多瑣碎雜務要處理，打掃、洗衣服、煮菜——」

「我明白了，蔣女士。」我打斷她那煩人的聲線。「你知道誰是希特勒嗎？」

「當然知道啦！二次世界大戰的殺人大魔頭嘛。怎會不知道呢？」

「你知道希特勒也十分喜愛小動物嗎？你知道現今的動物保護法是起源於他所領導的納粹黨嗎？」

蔣麗霞張開大口，沒有即時回應我的提問。而我也不打算讓她有機會回答。「庭上，我沒有其他問題了。」

我坐下來偷瞄了史施富大法官及陪審團一眼，他們都低下頭，正忙著記錄什麼。不過他們的嘴角也微微翹起，按捺著不發出聲音來。

我知道我的初步策略得逞了。

伊芙

我終於可以見到敏婷了。

距離上一次見面的時間，已經有好幾個世紀了。被困在那個密閉的空間，四周被冷凍的鐵枝圍繞，根本連日子也無法計算出來。

「林敏婷女士，請問妳的先夫丘正毅先生離世已有多久？」那個大胖子把雙手按住鼓脹的肚皮上，悠然地問道。

「約四年。」

「一位弱質纖纖的女子，要照顧只有四歲的小孩和一頭四十公斤的黃金獵犬，應該感到十分疲勞，對嗎？」

「不。」敏婷斬釘截鐵道。「一點也不感到辛苦」。

「日常要上班工作嗎？」

「要。」

「感到寂寞嗎？」

「抗議！」假面人一躍而起，大喊道。

「抗議有效。」法官瞄了一眼大胖子。

「妳認識死者秦銘嗎？」

「算是認識吧。」她冷冷地回應。

「算是？我問的是，認識與否。請林女士清楚地回答。」

「認識。」

「案發當日，就是妳那頭黃金獵犬咬死秦銘那一天，妳在哪裡？」

「在家。」

「在家？！」他扯高嗓音道：「那麼，是誰負責用拉繩牽著牠在大街上遊走呢？」

「沒有人。」

「沒有人？！」他瞪大雙眼。「就是說，妳讓牠獨個兒在村落裡隨意亂跑？」

「可以這樣說。」

「根據香港法律的《貓狗條例》第169章3條，妳知道妳這樣做已經觸犯法例，可以被判刑罰了。」

「我知道的。」

「那麼，你是如何召喚牠回到妳身邊呢？」

「伊芙有自己的日常規律。」

「日常規律？」

「就是說，約五時半，她會伏在門口位置等待，因為她知道我與雪麗會在五時半左右回家。之後，她就會坐在門口，讓我替她在頸脖上扣上拉繩，因為我們回家後，會立即帶她到街外散步。走到一塊空置的土地，我會讓她自由活動。有時她會走到村落裡跟她的同伴玩耍，或者到梧桐寨瀑布嬉水。直至日落時段，她就會回到我的身邊。」

「伊芙這個名稱，就是妳的狗嗎？」

「對。」

「牠會自動自覺回到你身邊？不需要任何人協助？這種行為需要經過長期訓練嗎？」

「對。她接受過訓練。」

「妳真的以為伊芙是人類嗎？」

「她擁有自我意識的本能。」

「牠會聽從你的指示和吩咐行動嗎？」

「會。」

「甚至攻擊人？」

「抗議！嚴重抗議！」假面人站起身。

「庭上，如林敏婷所言，通過訓練就可以達成特定的命令和指示。那麼，攻擊的行為也同樣可以被塑造出來。」

「我認為這些牽涉及動物行動學的知識，應該由專家去解答和分析，而不是證人林敏婷女士。」假面人反駁道。

「抗議有效。」法官道。「控方律師請不要再向林敏婷女士提出這類型的質詢，明白嗎？」

「我明白了，庭上。」大胖子向法官點點頭，然後繼續向敏婷進行詰問。「那麼，妳跟秦銘認識多久？」

「自從他搬遷至我們住的村落裡。大約有四至五個月。」

「根據秦銘母親的證詞，他對伊芙很好，想不到他會落得如此下場。」

「對她很好……請問是什麼意思呢？」她反問道。

「時常給牠餵飼零食。」

「秦銘也有給其他狗隻零食。況且，給牠們食物並不代表疼愛牠們。真正的愛，是給予牠們應有的尊重、自由和權利。」

我不禁嗚咽了一聲。敏婷從來也沒有貶低過其他生物存活在地球的權利。我以她為榮。

「妳與秦銘的關係良好嗎？」

「有說有笑。一般的聊天閒談罷了。」

「根據秦銘母親的證詞，秦銘曾向她提及過對村落裡某一位年輕的女子抱有好感。你知道嗎，林女士？」

「跟我有什麼關係？」

「因為他提及的人，就是妳，林敏婷女仕？」

「我就是說，跟我有什麼關係哩？」敏婷有點怒氣。

「你們曾否有過約會？」

「抗議！」假面人近乎咆哮道。「嚴重抗議！」

「法官大人。」敏婷轉向高居臨下的史施富大法官。「我可以回答這條問題的……我可以。」

「請你回答吧，證人。」法官柔聲道。

「我的初戀，就是跟我的先夫丘正毅；我的初吻，就是跟我的先夫丘正毅；我的愛、我的雪麗、我的伊芙，就是跟我的先夫丘正毅；一切一切的開始與終結………」敏婷的雙眼已經泛紅。「一生，一吻，一愛情。」

我按捺不住，雙腳抬起撐住擋在我前面的鐵欄，不停地嗚咽。縱使它把我與敏婷相隔千里遠，不過，從我的視線看著敏婷，我感到我已經跟她緊緊地貼在一起了。

「沒事了，伊芙……」她輕擦眼淚。「沒事了。我愛妳，伊芙。我愛妳……」

敏婷，我也愛妳。永遠永遠地……

張誌炫

對我而言，麥可在這場官司擔綱著舉足輕重的角色。不過，我並沒有安排他成為辯方證人。我清楚知道洪泓一定會抓住麥可，因為林敏婷的罪名，已列明在警方的陳述書上。麥可的每一句話，都足以令林敏婷判以最高的刑罰。

「你確定麥可不會出賣你嗎？」娜塔莎壓低語調，嘴唇近乎沒有半點顫動。

「不會。」我斬釘截鐵道。

「你知道的，你的性格惹人討厭，喜愛得勢不饒人。而且，你曾經給了麥可不少麻煩。現在是最合適的時機給你還以顏色了。」

我把頭緩緩地轉向她，不其然有點認同她的說話。

她沒有移動軀體，只是眼角瞟了我一下。「你應該跟他簽下約章的。」

洪泓站起來。「梁家豪警長，你是負責調查秦銘凶殺案的其中一名探員嗎？」

「對的。我是調查組的組長。」麥可身穿一套整齊的黑色西服。

「受害人秦銘的死因是？」

「頸脖大動脈被咬破，失血過多致死。」

「行凶者是一頭叫伊芙的黃金獵犬，對嗎？」

「根據鑑證組人員的檢驗和分析，確認死者的傷口，與伊芙的牙齒吻合。我們亦確認死者身上發現的液體及DNA是屬於伊芙的。」

「請問梁警長，你從事這個職業多少年？」

「十二年。」

「有聽聞或接觸過相類似的案件嗎？」

「有。不過，因為主人失職導致受害人死亡的個案，就沒有發生過。」

「主人沒有好好管制自己的寵物，而令他人蒙受損失，已經足以起訴主人了，對嗎？」

「根據香港法例，主人是要承擔一切後果和責任。」

「謝謝你，梁警長。」洪泓緩緩地坐下來。

我遲疑了一下，思考著麥可會如何回應我的提問。

「辯方律師。」史施富大法官催促我。「你有沒有問題要向證人提出？」

我站立起身，清一清了喉嚨。「梁警長，請問你們是如何發現行凶者是一頭黃金獵犬？」

「我們的鑑證人員從死者身上蒐集液體，然後透過漁農處的數據，找到吻合的資料。」

「為什麼漁農處會有牠的資料呢？」

「根據香港法律的《貓狗條例》第169章，所有主人都要為自己飼養的貓狗植入晶片。」

「就像人類的身分證上的晶片一樣，對嗎？」

「對的。」

「如果沒有置入晶片，那麼，你們就無法找到有關犬隻及牠所屬的主人的資料了，對嗎？」

「對的。」

「主人沒有為寵物置入晶片的情況，常見嗎？」

「頗為常見。」麥可聳聳肩。「漁農處的職員跟我們說的。」

「那麼，丘正毅先生和林敏婷女士也算是有責任心的主人了。」

「可以這樣說。這是作為主人最基本需要負上的責任。」他攤一攤雙手。

「根據調查報告，兇案現案還有一隻杜賓犬的屍體，對嗎？」

「對的。」

「死因？」

「頭部被硬物擊破致死。」

「死狀恐怖嗎？」

「嗯。」他點點頭。「除了頭部，身體多處部位也有骨頭碎裂及斷折的狀況。」

「找到了凶器嗎？」

「有。石頭。」

「發現了人類的指模嗎？」

「有。」

「是誰？」

「很多人。」

「有屬於秦銘的嗎？」

「有。不過尚未確認這起虐殺動物事件與他有關聯。梧桐寨瀑布是著名的景點，這個地方有不少人遊走過。每個人也可以觸摸每一塊石頭。」

「杜賓犬的死亡時間，在秦銘死亡之前，還是之後呢？」

「初步鑑證，是較秦銘早一點。」

「最後一條問題。在秦銘身上有發現任何咬痕或抓傷是杜賓犬所造成的？」

「根據鑑證報告，沒有。」

「謝謝你，梁警長。」我點點頭，微笑道。

這場官司的另一關鍵，就落在艾文這位動物行動學家身上了。

我要博取眾陪審員的好感及同情，為林敏婷添加更多的分數，同時亦為伊芙塑造出充滿人性的一面。我在庭院內安裝了投影器及投射大螢幕在證人席的背後。而在被告台的位置就安裝了四支鏡頭，從不同角度攝下伊芙的各種身體語言。

「伊芙。」我叫了一聲，她配合我，擺動了幾下尾巴。

我察視書記官端前的電視螢幕，確認分劃出的四個小畫面也能清楚顯示出伊芙。「謝志忠醫師，你的一位動物行為學家，對嗎？」

「對的。」

「請問你的工作範圍是？」

「替各種動物矯正各種行為問題，替狗兒治療情緒病，甚至教導人類認識有關動物的行為及心理，糾正他們錯誤的觀念。」

「香港有途徑考取這種專業資格嗎？」

「沒有。香港連一個獸醫課程也沒有，更何況這種高深的學問呢？從這些細節，就可以知道一個國家城市對於動物權益的重視程度。」他半帶怨氣道。

「我們就集中討論狗隻吧，謝醫師。你認為不同品種的犬隻也有各自不同的性情，對嗎？」

「對的。除此之外，他們也各有其獨特的技能。例如邊境牧羊犬多數會在農場工作，擔當羊群的指揮員；德國牧羊犬適合成為警犬；拉布拉多就會被安排訓練成為搜救及導盲的工作。」

「那麼，黃金獵犬呢？」

「黃金獵犬性情溫純，且擁有高度的智慧。如果家庭有小孩，牠們是一位很好的夥伴，因為牠們的忍耐力強，可以靜坐數小時不動，頑皮的小孩也對牠們俯首稱臣。」

「伊芙呢？牠是屬於哪一品種的犬類呢？」

「黃金獵犬。我曾觀察過牠與林敏婷之間的互動。伊芙的服從性高，而且亦曾經在警犬學院接受過訓練，所以在追蹤及搜索行為方面異常出色。」

「你說牠們擁有高智商，就是說，牠們有自我判斷的能力嗎？」

「正確。」

「甚至乎會拒絕主人的召喚嗎？」

「有這個可能。當然，這只會出現在非一般的情況下。」

「有案例可以參考一下嗎？」

「有的。這是一宗發生在香港的案件。同樣是一頭黃金獵犬，牠咬傷了主人的母親。」

「情況嚴重嗎？」

「她的右手被咬傷，並因為血管壞死而導致下半臂殘廢，最後需要進行割除手術。」

「為什麼會發生這種可怕的狀況呢？」

「因為她用手拍打一隻博美犬。那頭博美犬也是主人的家庭成員之一。」

「家庭成員。」我強調道。「那頭黃金獵犬以為她要虐待博美犬，所以牠做出了這個反應？」

「從動物行為學的角度去分析，你說得不錯。牠為了保護牠的同伴，所以要阻止她。如果以人類來說，手和腳都是我們慣常用作表現行為及動作的肢體部份。然而，以犬類來說，牠們慣常用的，是吻部。」艾文用手指指向自己的嘴巴位置打了一圈。「牠用嘴巴咬她，是為了停止她的舉動，並不完全是為了攻擊她。當然，牠們並不懂得判斷及運用合適的力度，所以，最終導致慘劇的發生。」

「所以，那頭黃金獵犬是以自由意志去決定自己的行為，就算是主人的命令也未必起得了什麼的作用，對嗎？」

「對的。犬類擁有的智商，超乎我們的想像。牠們的腦袋運作模式，更與我們人類異常相似。這個理論曾經被研究人員運用高端科技，例如磁力共振掃瞄，進行分析，並得到確認。」

「好的。那麼，我們來做一點小測試。」我示意庭警把室內的燈光調暗，然後拿起操控器，按動了幾下，投射螢幕亮了起來。「謝醫師，我們開始吧。」

「嗯。」他點點頭。

我先播放出林敏婷的照片。伊芙立即大力擺動尾巴，坐下來，吠叫了一聲。

「這應該是伊芙瞧見了牠的主人或家庭成員。牠這個姿態是代表服從，並有禮貌地哼了一聲，就等同於我們見到父母，會稱呼他們一下「爹地、媽咪」一樣。」艾文迅速回答。

下一張是伊芙最心愛的小皮球。

牠顯得有點興奮，坐立不安，伸出舌頭，喘著大氣。

「牠應該是看見了一些喜愛的東西，例如玩具、食物。」

之後，我播放出一段幾輪車子駛過的影片，其中還有一隻松鼠在畫面中跑來跑去。

伊芙舉動出乎我意料之外。牠靜止不動，身軀及肢體也沒有任何反應。

「牠似乎正在尋求指示。」

「什麼指示？」我問道。

「牠的雙眼不時瞄著畫面，然後又把視線落在林敏婷的位置上。牠應該是發現了一些有趣的東西，不過，在沒有林敏婷的准許下，就只能這樣子坐下來，等待下一步的指示。」

「謝醫師，請你轉過頭望一望螢幕。」

艾文扭動上半身，微微抬起眼鏡，凝視著刺眼的畫面。「我明白了。車輛及松鼠。對於犬類而言，這兩種物件都是異常吸引的東西，就算是拼了命也要追趕過去。」

「可是，伊芙並沒有這樣做。」

「對。牠的表現既冷靜，姿態且優雅。不過，你們可以發現，牠在不斷地尋求林敏婷的意見。批准？或是禁止哩？」他轉回來面向我。「這顯示牠已接受過良好的行為訓練及社會規範教育？」

「社會規範？怎麼說呢？」

「因為牠們落在人類的社會裡，並不如活在大自然中，能夠自由自在，喜愛什麼就去幹。要適應這個城市的生活規律，就要學懂這個城市存在的潛規則，否則性命不保，因為香港的每一處角落，都充滿了危機。」

「所以，林敏婷是一位稱職的主人，對嗎？」

「對的。她是寵物飼養者的好榜樣。」

接者，畫面彈出了秦銘的照片。

伊芙立即齜牙咧齒，猛烈狂吠，聲音迴響著整個庭院。牠的軀體緊縮，時而向後退縮，發出低吟，時而踏步衝前，雙掌撐住鐵欄。

「謝醫師……牠的……反應……異常激烈……」我被伊芙連續不斷的吠叫聲影響了我的發言。史施富大法官也緊皺眉頭，潛意識之下，右手緊握著木搥，打算狠狠地敲打它，讓法庭回復安靜。

我停止播放。投射螢幕變回白色一片。整個空間頓時寂靜得令人有點耳鳴。

「好的。謝醫師，可以麻煩你解釋一下牠的行徑嗎？」

「牠瞧見了令牠感到討厭，甚至對牠的生命構成威脅的東西。」

「威脅？」

「牠時而衝前，時而後退，這是因為牠處於驚恐的狀況。就如人類一樣，當面對危險時，會選擇逃避離開，或者是奮勇對抗。大部分的情況下，聰明的人就會以比較容易的方法去處理，即是逃走。例如當你遇到黑幫，他們不允許你使用當前的道路向前行，你不會貿然去跟他們抗衡，因為你知道你可以繞路，或是改為乘坐公交就可以輕易解決這種問題了。如果你猶豫不決時，就代表當前你面對的事情，並不是二擇其一就可以處理掉的。你想逃避，卻知道會因此錯失或損失了重要的東西，令自己後悔一生；你想對抗，卻不知道自己有能力與否，有決心與否，更可能會掉了性命。這就是伊芙剛剛的狀態及情緒了。」

「嗯。」我點點頭，按動了一下操控器的播放鍵鈕。丘正毅與伊芙摟抱在一起的照片展現在眾人的眼前。

伊芙立即站起身，前腳擱在圍欄上，淒慘地嗚叫著，腳爪不停地抓鐵枝，吠叫了一聲又一聲，就像在呼叫牠最疼愛的人——丘正毅。

整個庭院迴盪著伊芙的聲音，也是在這個狹小的空間裡唯一的聲音。

我沒有向艾文提出任何問題。而他亦沒有發出半句聲響。我相信他深深感受到伊芙的哀痛。

我挑選這張相片的原因是希望為林敏婷在陪審團的心中增添多一點同情的分數。我說過為了贏得這場官司，我會不擇手段。可是，這一刻，我為我做出這種愚蠢的舉動感到十分後悔。這種錐心的感覺，並不是因為這張照片勾起他們悲痛的回憶，而是我知道伊芙再也無法躺在林敏婷的懷裡，互相安慰，互相扶持。

伊芙

幼長的草叢隨風擺動，遼闊的視野內只瞧見萬里無雲的天空。

最近，我夢見正毅的次數遽增。他身穿同一樣的運動褲及運動鞋，臉容充滿朝氣，揮舞著四肢，跟我在玩你追我逐的遊戲。

「你長大之後，不是要投身警隊行列，維持社會治安的嗎，伊芙？」他邊跑邊轉頭，向落在後面的我不停地加以鼓勵。

這一次，我的表現優異得連自己也感到驚訝。四腿的肌肉活躍地彈動，踏地的一刻充滿爆發力，呼叫均勻，沒有半點紊亂。

我終於能夠趕上正毅了……

我們之間的距離逐漸拉近。原有一層濃罩著他的薄霧逐漸消散，乍現出俊俏的輪廓及迷人的笑容。

「伊芙。」一道柔和的聲線傳到我耳邊。

「伊芙。今天是最後的一天了。」管理員沒有用以往敲打鐵枝我方法把我喚醒來。

最後一天……

我明白管理員先生的意思。

誰能替代我照顧敏婷呢？

誰能替代我好好疼愛雪麗呢？

敏婷，請你放心。我與正毅會相互扶持……珍重……

張誌炫

所有證人已經接受過詰問。

史施富大法官以為只剩下一次的庭期就可以結案了。當然，我不打算放過他。

「法官大人。」我站起身。「我有一份報告要呈交，作為新的證物。」

「抗議！我抗議！」洪泓一躍而起，咆哮道。

「辯護律師，請確認你手上這份報告會影響到這起案件的判決。」法官摘下眼鏡，用嚴厲的眼光緊盯著我。

「這是一份有關秦銘及其同黨的犯罪證據。所有蒐集得來的文件資料，是由證人梁家豪警長所提供的。」

「抗議！」洪泓繼續喧鬧。

「抗議無效。」史施富抬高音調道。

「文件內容是有關他們虐殺、擄拐、盜竊各種動物的證據。」

庭院裡的聽眾騷動起來，媒體席的記者立即起身，走出門外打電話和自己的報館報告突發狀況。

「律政司已打算向他們提出起訴。」我繼續道。

「這方面我沒有興趣知道。」法官嘆了一口大氣。「我只想知道，你什麼時候可以呈交證物。」

「中午後。」我簡短回答他。

「那麼，我們今天就此結束，下週三上午九點三十分，在本庭繼續審理此案。」他敲打了木搥一下。「退庭！」

史施富法官與眾陪審員從庭院後方的門離開。觀眾卻仍然以為有更精彩的戲目上演，莊嚴的法庭頓時變成市集一樣。

林敏婷緩緩走到我的跟前，面向著我，嘴唇有點顫抖，卻沒有哼出半聲。

「快要……完結了，林敏婷。」我微笑道。

她一躍向前，緊緊地擁抱著我，臉龐埋在我的黑色長袍裡。「謝謝你，張律師……謝謝你。」

文炘也跑上前，雙臂張開，把我和林敏婷摟成一團。「我愛你，老公。」

我輕拍她們的臂胳，安慰她們，卻突然想起一件重要的事情。我立即甩開她們，轉過身來，大聲喊道；「等等，管理員，管理員先生！」

狗舍那位管理員站在被告台上，已經替伊芙套上項圈拉繩，卻沒有離開的意欲。

他似乎變得聰明了。

我一手拉著林敏婷的手臂，把她帶到伊芙的跟前。「快來吧。」

管理員騷抓伊芙的頭幾下。「牠真的很乖巧。」

林敏婷跪在地上，把伊芙一擁入懷，淚如雨下。伊芙把頭顱擱在她的肩膀上，不時用鼻子輕擦她的髮絲，像安撫著林敏婷。

這一幕令人感動。不過，對我而言，這是最殘酷的現實。這並不是久別重逢的畫面，而是永遠離別的最後擁抱。

我轉過身離開。「娜塔莎，我們走吧。還有很多工作等著我們處理的。」

我和娜塔莎走過法庭長長的迴廊。

「你估計在往後的日子裡，我們會忙得不可開交嗎？」娜塔莎抱著一大堆的文件，咕噥道。

我一手拿起一份厚厚的文件。「這是我們會接到投訴信。」然後抓住兩三張紙。「至於工作方面，我相信會有這麼多。」

「主人，你做錯了。竟然要放棄當個衣冠禽獸，你知道我們的日子會很難捱嘛？」

「你放心好了，娜塔莎！我會給你轉介至其他事務所。」我耳語道。

「我認為經過這場官司後，沒有人會在乎你親筆簽署的文件了。所以，我唯一可以做的，就是追隨在你的背後四處飄泊。」

「你的忠誠令我非常感動。」我嘲弄道。

「你以為我會比伊芙差嗎？」她猛然抬頭望著我，鼓起臉腮。

我搖頭苦笑道。「我竟然會雇用了一位比狗更難纏的人。」

「為什麼有些人總會像孔子的學生、劉備的武將文官一樣，死也不願離開既窮且苦的生活呢？真的自作自受。」她反譏諷自己。

「我想是因為他們仍然相信世上存有公義和真理。」

娜塔莎瞇起雙眼，用猜疑的目光盯著我。「嗯……主人，你改變了……徹底地……」

「沒有。」我斬釘截鐵道。「我本來就是這個模樣。」

「不過嘛，我終於可以抬起頭，撐大喉嚨，在我的親人和朋友的面前大喊大嚷了。」

「你要跟他們說什麼呢？」

「告訴他們我的老大是張誌炫。」

「對不起……」我說。「為難了你呢！」

我們正準備離開法庭，卻發現洪泓坐在門外的板凳上，大口大口地咬著熱狗。

「你好，洪泓大律師。」我禮貌地走過去跟他打招呼。

「拜倫，做得不錯唷。」他口裡吞著食物，模糊地吐出字句。「我已經很久沒嚐過慘敗的滋味了。」

「尚未完結哩，大律師。」我謙虛道。

「不，已經完結了。我要宣佈完結。我沒有心情及時間處理這宗案件了。」

「你的意思是……」

「他的母親也分身不下。你知道的，秦銘和他的同黨……他的母親就是其中一員了。」

「是嗎？」我裝作驚訝。

洪泓吞了一口口水，把嘴巴裡剩餘的食物嚥下肚裡，然後抬起頭望著我，笑了一笑。「想不到你認識梁警長。」

「對的。我與麥可相識已有差不多二十年了。」

「我怎樣也想不到，一頭動物竟然可以凝聚如此強大的力量。」

「其實，人類也是存在於地球上其中的一種動物啊。」

「嗯。」洪泓點點頭。「你說得對。」

一輛白色的車子緩緩地駛近。他站起身，從黑色西服的內口袋掏出一張名片。「這場官司後，如果你繼續打算當辯護律師，就來我的事務所走一趟吧。我想你會喜歡的。請不要告訴我你打算申請做檢察官哦。」

我接過名片，凝視著他那肥胖的身影鑽進車廂裡。「娜塔莎，你有興趣轉換一下新環境嗎？」

「我從來沒有計劃過增肥唷。」

「很好。」我把名片綑成一團，遞給娜塔莎。「給你的奧狄斯。」

「太好了，主人。你終於記得我狗狗的名字了。」她接過紙團。

「對的。我永遠也會記住……永遠。」

尾聲

我扭動方向盤，停泊在一架黑色迷你車的尾部，打算拍按喇叭。不過，我轉頭瞄向一扇大門的位置，林敏婷已經背抵住門檻，等待我的來臨。

她繼承了伊芙的敏銳觸覺。

我推開車門鑽出來。「你站在門外守候了整整一小時嗎，麗莎？」

「克里斯汀娜打電話給我。她似乎不願意跟你分離超過半分鐘。」她把垂下的頭髮擱在耳背。

「是嗎？她是要告訴我趕快回家替那隻傻狗清理便溺嘛？」我湊近她。

她莞爾一笑。「謝謝你，拜倫……」

「麗莎，你知道嗎？這半年以來，你已經跟我說這句話足足有百萬遍了。它對於我來說，就像歡迎及問候語句『你好嗎』一樣陳腔濫調。」

「千千萬萬次也不夠……」

「最終也贏不了。」我搖搖頭。「我為那場官司的結果感到遺憾。」

「不。對我而言，你的的確確取得了勝利。」

我苦笑道。「伊芙相信我能夠解決這宗棘手的案件，不過，我徹底失敗了。」

「我早就知道了。」

「嚇?!」

「我早就知道最終的下場。香港法律大全的內容並不是只限於律師和法官瀏覽，一般平民也有權利參閱一下。」她展現出親切的笑容。「你盡力抑壓自己的情感，嘗試把我蒙蔽過來，可是當我踏進你的辦公室之際，結果早已分曉了。」

「對不起，麗莎。」

「感謝你為我所做的一切。」

我搖搖頭。「要說道謝的人，應該是我。你與伊芙給了我一個重新的機會。」

「外表雖然改變了⋯⋯不過內心嘛⋯⋯」她的雙掌按在胸前。「豈會輕易受到污染呢！伊芙十分瞭解你。在牠碰上你的一刻，已經認定你是一位值得信任的人。」

「我被伊芙的吠叫聲喚醒過來了。」

「很高興你能尋回自我。」她綻放燦爛的笑容，然後把話題岔開。「你剛剛將禮物分派到各地了嗎？」

「對喔，我差了忘記了！我把肯恩的兒子送到牠的家裡去。你知道嗎？牠就跟爸爸一模一樣唷！我家中的那一隻頑皮得很，克雷孟特也要俯首稱降。」我咯咯大笑。

「我會不時去探望牠們。」

「噢！」我突然想起一件重要的東西留在車廂內，急步打開後座的車門，一手把一團白色的小毛球摟進懷裡。

林敏婷急不及待，快步迎上我，嘴唇咧開，露出潔白的牙齒。

「我故意挑選牠，因為牠一身雪白的毛，跟媽媽極為相似。」我搔弄著小狗的肚皮。

「小白！」屋內傳出的一道嬌柔的聲音，小小的身影卻比音速更快地閃現在我們的眼前。「媽咪！」雪麗攤開雙臂，奔向我們。

「黃金獵犬的幼種通常都會披上一層白色的厚毛。日漸長大，顏色就會變得深沉。」林敏婷雙手握住小毛球的腋下，把牠從我的臂彎裡抱起來。

「牠會傳承伊芙的純良血統。所以，就算長大成五十公斤重的大肥狗，毛色也不會轉換。」我凝視著小毛球回到親人的懷裡，感到有點哽咽。

林敏婷把牠高舉起來，刺目的光線令她的雙眼瞇成一條線。「高掛在天上的太陽十分眩目耀眼哩！」

「牠的名字嘛！」我抬起頭仰望一片晴空。

「SUN。」她簡短道。

「SON ?!」

「不。SUN。」她的手指指向頭頂上的太陽。

我咧嘴而笑，猛然點點頭。「對。就像太陽一樣照遍每一寸土地；就像太陽一樣，熱暖著我們人類與其他生物體內的那一顆……」

「純真的心。」

二〇一五年三月十八日

釀小說74　PG1383

伊芙的審判
——Trial of Eve

作　　者	阿杜・迪杜
責任編輯	喬齊安
圖文排版	周政緯
封面設計	楊廣榕

出版策劃	釀出版
製作發行	秀威資訊科技股份有限公司
	114 台北市內湖區瑞光路76巷65號1樓
	電話：+886-2-2796-3638　傳真：+886-2-2796-1377
	服務信箱：service@showwe.com.tw
	http://www.showwe.com.tw
郵政劃撥	19563868　戶名：秀威資訊科技股份有限公司
展售門市	國家書店【松江門市】
	104 台北市中山區松江路209號1樓
	電話：+886-2-2518-0207　傳真：+886-2-2518-0778
網路訂購	秀威網路書店：http://www.bodbooks.com.tw
	國家網路書店：http://www.govbooks.com.tw
法律顧問	毛國樑　律師
總 經 銷	聯合發行股份有限公司
	231新北市新店區寶橋路235巷6弄6號4F
	電話：+886-2-2917-8022　傳真：+886-2-2915-6275

出版日期	2015年12月　BOD一版
定　　價	320元

國家圖書館出版品預行編目

伊芙的審判 / 阿杜.迪杜編著. -- 一版. -- 臺北
市 : 釀出版, 2015.12
面 ;　公分. -- (釀小說 ; 74)
BOD版
ISBN 978-986-445-066-4(平裝)

850.3857　　104021380

讀者回函卡

感謝您購買本書，為提升服務品質，請填妥以下資料，將讀者回函卡直接寄回或傳真本公司，收到您的寶貴意見後，我們會收藏記錄及檢討，謝謝！

如您需要了解本公司最新出版書目、購書優惠或企劃活動，歡迎您上網查詢或下載相關資料：http:// www.showwe.com.tw

您購買的書名：________________________________

出生日期：________年________月________日

學歷：□高中(含)以下　□大專　□研究所(含)以上

職業：□製造業　□金融業　□資訊業　□軍警　□傳播業　□自由業

□服務業　□公務員　□教職　□學生　□家管　□其它_____

購書地點：□網路書店　□實體書店　□書展　□郵購　□贈閱　□其他

您從何得知本書的消息？

□網路書店　□實體書店　□網路搜尋　□電子報　□書訊　□雜誌

□傳播媒體　□親友推薦　□網站推薦　□部落格　□其他__________

您對本書的評價：（請填代號　1.非常滿意　2.滿意　3.尚可　4.再改進）

封面設計____　版面編排____　內容____　文／譯筆____　價格____

讀完書後您覺得：

□很有收穫　□有收穫　□收穫不多　□沒收穫

對我們的建議：________________________________

____

____

____

請貼
郵票

11466
台北市內湖區瑞光路 76 巷 65 號 1 樓
秀威資訊科技股份有限公司 收
BOD 數位出版事業部

(請沿線對折寄回，謝謝！)

姓　　名：＿＿＿＿＿＿＿＿　年齡：＿＿＿＿　性別：□女　□男

郵遞區號：□□□□□

地　　址：＿＿＿＿＿＿＿＿＿＿＿＿＿＿＿＿＿＿＿＿

聯絡電話：(日)＿＿＿＿＿＿＿＿＿＿(夜)＿＿＿＿＿＿＿＿＿＿

E-mail：＿＿＿＿＿＿＿＿＿＿＿＿＿＿＿＿＿＿＿＿